HEIDI MCLAUGHLIN

BESTSELLER DO NEW YORK TIMES E USA TODAY

Para sempre minha garota

CB006534

Editora Charme

1ª Impressão 2017

Produção Editorial - Editora Charme
Foto - Depositphotos
Criação da capa - Sarah Hansen
Adaptação de arte e Produção Gráfica - Verônica Góes
Tradução - Monique D'Orazio
Revisão - Jamille Freitas e Ingrid Lopes

A música Painkillers foi fornecida exclusivamente por Eric Heatherly.
Flower Mound, TX

Este livro segue as regras da Nova Ortografia da Língua Portuguesa.

CIP-BRASIL, CATALOGAÇÃO NA PUBLICAÇÃO
SINDICATO NACIONAL DE EDITORES DE LIVROS, RJ

McLaughlin, Heidi
Para sempre minha garota /Heidi McLaughlin
Titulo Original - Forever my Girl
The Beaumont Series - Livro 1
Editora Charme, 2017.

ISBN: 978-85-68056-46-2
1. Romance Estrangeiro

CDD 813
CDU 821.111(73)3

HEIDI MCLAUGHLIN

Para sempre minha garota

The Beaumont Series - Livro 1

Editora
Charme

Para Madison e Kassidy

Capítulo 1

Liam

Um leve ronco me lembra de que não estou sozinho. O peso de um corpo esparramado perto de mim me desconcerta imediatamente, e o cheiro de perfume de ontem permanece no ar e nos meus lençóis.

As cortinas estão abertas, e o sol brilha através da grande janela, o que me oferece, ao mesmo tempo, privacidade e a melhor vista.

Virando na cama, vejo alguém cujo rosto eu não conheço. Um rosto que não tem nome nas minhas lembranças e também não desperta nenhuma memória vívida de como ela acabou no meu quarto de hotel, que dirá na minha cama.

A parte da cama provavelmente eu consigo decifrar.

O cabelo loiro me diz que eu nem me incomodei em perguntar o nome dela ou qual era sua bebida favorita. Com certeza nossa conversa foi apenas olhos, mãos e lábios. Só existe uma cor de cabelo que faz meu coração disparar e não é loiro.

Nem ruivo.

Os olhos também.

Nunca azuis.

Teriam que ser castanhos ou verdes, nunca azuis.

Este não é um momento de fossa ou o barato de alguma droga. Eu não uso drogas, nunca usei, mas posso beber excessivamente em ocasiões como ontem à noite. É minha forma de lidar com meus erros e meus fracassos. Posso ser bem-sucedido quando estou no palco, mas, à noite, eu estou sozinho.

E morrendo de medo de morrer sozinho.

Faço menção de pegar meu celular para ver que horas são. Em vez disso, abro a galeria que tem a imagem dela. Meu polegar paira sobre seu rosto. Vou vê-la quando voltar para casa e não sei o que vou dizer.

Eu sei que ela me odeia.

Eu me odeio.

Arruinei a vida dela. Era isso que dizia a mensagem de voz que ela mandou. A mesma que eu tenho salva há dez anos. A mensagem que transferi de celular em celular só para poder ouvir a voz dela quando estou nos meus piores momentos. Posso recitar cada palavra odiosa que ela me disse quando eu estava ocupado demais para responder e nunca achava tempo para ligar de volta.

Nunca encontrei um segundo para ligar e explicar o que eu fiz com a gente. Ela era minha melhor amiga e eu a deixei escapar por entre meus dedos só para me poupar da dor de cabeça de ouvir que ela não me queria mais.

Eu também tinha sonhos.

E meus sonhos a incluíam, mas ela nunca teria abraçado a ideia. Não estou vivendo o sonho americano dela. Estou vivendo o meu próprio.

Minha decisão destruiu tudo.

Minha colega de cama sem nome estende a mão e acaricia meu braço. Eu me afasto rapidamente. Agora que estou sóbrio, não tenho vontade de ser nada para essa pessoa.

— Liam — ela diz com seu tom sedutor, que soa como um bebê. Me dá arrepios quando uma mulher fala assim. Elas não percebem que isso as faz parecer ridículas? Nenhum homem que valha o saco que tem no meio das pernas gosta desse tipo de coisa. Não é sexy.

Envolvendo o lençol em torno da cintura, eu me sento e passo as pernas na beirada da cama, longe dela e de sua mão boba. Minhas costas ficam tensas quando sinto a cama se mexer. Em pé, enrolo o lençol mais firme para me manter coberto, de alguma forma. Eu não deveria me importar, mas me importo. Ela já me viu no escuro, mas não vou permitir que ela ou sua câmera deem outra olhada em mim.

— Estou ocupado. — Minha voz é severa, uma monotonia bem praticada. — Jorge, o recepcionista, vai cuidar para que você consiga um táxi para casa.

De propósito, durmo de frente para o banheiro, para que não tenha de olhá-las quando peço para irem embora. É mais fácil assim, sem emoções. Não tenho de olhar para o rosto delas e ver a esperança se desvanecer.

Todas esperam conseguir me domar, me fazer aceitar um compromisso.

Não tenho uma namorada estável desde que entrei nessa indústria, e uma noite de sexo casual não vai mudar isso. Essas mulheres não significam nada e nunca significarão. Eu poderia mudar. Eu poderia sossegar e me casar.

Ter um filho ou dois.

Mas por quê?

Minha empresária, Sam, adoraria, especialmente se fosse ela. Ela é minha única trepada repetida. A primeira vez foi um erro de julgamento, uma noite solitária em uma curva torta da estrada. Agora ela quer mais. Eu não.

Quando ela me disse que estava grávida, eu queria pular de um penhasco. Eu não queria filhos, pelo menos não com ela. Quando penso em ter uma esposa, ela é alta e morena. Tem o corpo firme, dos anos como líder de torcida e de sua corrida diária de oito quilômetros. Ela não é uma executiva da indústria musical com fome de poder, que falava em contratar babás antes que um médico pudesse confirmar a gravidez.

Ela sugeriu casamento. Eu surtei e peguei um voo para a Austrália para aprender a surfar.

Sam sofreu um aborto com dois meses de gravidez. Fiz uma promessa de que iríamos manter as coisas estritamente profissionais daquele momento em diante e foi quando eu comecei minha rotina de sexo casual. Apesar de tudo, ela ainda me ama e está esperando que eu mude de ideia.

— Sabe de uma coisa? — a garota do bar de ontem à noite começa a dizer, entre se mexer e ofegar ao vestir as roupas. — Eu ouvi que você era um cretino, mas não acreditei. Pensei que tínhamos algo especial.

Dei risada e neguei com a cabeça. Já ouvi de tudo, cada uma acha que temos algo especial por causa da noite mais incrível que elas já tiveram.

— Eu não te escolhi por causa do seu cérebro. — Entro no banheiro e fecho a porta, trancando-a para garantir.

Apoiado na porta, bato a cabeça contra a madeira sólida. Toda vez eu falo para mim mesmo que vou parar, e acho que parei, até que algo me faz querer esquecer. Passo as mãos no rosto com uma frustração absurda.

Não estou ansioso para ir para casa.

A razão para o regresso está me olhando da pia do banheiro: o artigo de uma página sobre o cara que eu costumava chamar de meu melhor amigo. Pego o jornal e leio as palavras que já memorizei.

Mason Powell, pai de duas filhas, foi morto tragicamente em um acidente de trânsito ao ser atingido na traseira do carro por uma carreta.

Morto.

Sem vida.

E eu não estava lá.

Parti como um covarde quando não disse adeus.

Mudei meu número de celular, porque *ela* não parava de ligar. Eu tinha que encerrar de uma vez por todas, e Mason era parte daquilo. *Ela* e Katelyn eram melhores amigas, e ele contaria onde eu estava e o que eu estava fazendo. Era melhor assim.

Eu só pretendia ficar fora um ano. Eu disse para mim mesmo que voltaria para casa depois de doze meses, consertaria tudo e mostraria que eu não era a mesma pessoa por quem ela havia se apaixonado. Ela iria entender e me agradecer, seguir em frente e se casar com um executivo bem-sucedido, um que acorda todos os dias e veste uma camisa social impecável e calça de pregas que ela passaria a ferro em seu lar perfeito de novela.

Aperto o jornal nas mãos e penso sobre tudo que perdi. Não me arrependo, não posso. Fiz isso por mim e da única forma que eu sabia como. Só não achei que eu me importaria tanto sobre ter perdido tudo.

Perdi o dia em que ele pediu Katelyn em casamento, algo que eu sabia que ele queria fazer desde que tínhamos dezesseis anos.

Perdi seu casamento e o nascimento de suas gêmeas. Ele era pai e marido. Ele tinha três pessoas que dependiam dele e agora não está mais entre nós. Ele nunca vai ver as filhas crescerem e fazerem as coisas que fazíamos quando éramos mais jovens. Todas as coisas que dissemos que nossos filhos fariam juntos. Perdi tudo isso porque tinha uma coisa para provar a mim mesmo. Desisti do sonho deles e da vida que tínhamos toda planejada.

E agora vou para casa enfrentar a música.

Capítulo 2
Josie

· As palavras se tornam um borrão quanto mais eu olho para elas.

O jornal está molhado das minhas lágrimas. Lágrimas que ainda não pararam de cair desde que recebi o *telefonema*. Agora estou segurando um formulário com o nome dele. As flores do caixão terão as cores da nossa escola: vermelho e dourado, e a coroa vertical será feita com as cores do casamento, nossas cores da faculdade: branco e verde. É o que Katelyn quer.

Katelyn vai enterrar o marido daqui a poucos dias e, ainda assim, consegue tomar decisões sobre que tipo de flor ficará sobre o caixão dele.

Eu? Não consigo nem ler o formulário do pedido até o final.

Quando Katelyn ligou e me pediu para cuidar das flores, precisei de tudo o que tinha para dizer "sim" quando eu realmente queria dizer "não". Não quero fazer isso. Não quero nem mesmo acreditar que Mason se foi. Conheço-o desde o primeiro ano e agora ele não está mais aqui. Ele não vai passar na segunda-feira para pegar seu pedido de sempre. Katelyn não vai receber sua dúzia de rosas semanais, algo que acontece desde que ele começou a pedir a mão dela em casamento, aos dezessete anos.

Eles é que tiveram sorte, com tudo resolvido no colégio e mantendo os planos. Pensei que eu também tinha, mas fui desviada no meu primeiro semestre da faculdade. Minha vida virou de cabeça para baixo com apenas algumas palavras curtas e uma porta batendo, criando uma parede entre mim e o amor da minha vida.

Fico em pé, com as pernas trêmulas, enxugo minhas lágrimas e sigo para a porta, a fim de virar a plaquinha de *Fechado* para *Aberto*. Não quero abrir hoje, mas preciso. Há um casamento, um baile e o funeral de Mason nos próximos dias, e eu sou a sortuda responsável pelas flores de todos eles.

Prendo o pedido de Katelyn no mural ao lado do restante das encomendas. Tenho que tratá-la como qualquer outro cliente, embora este pedido eu não queira atender.

Respire fundo, digo para mim mesma, ao começar o primeiro pedido. Tenho quarenta *corsages* e *boutonnieres* para fazer hoje, mas só o que quero é esmagar as rosas debaixo das minhas palmas e jogá-las porta afora.

Os sininhos da entrada interrompem minha concentração. *Hora de colocar um sorriso no rosto.* Jenna está caminhando em minha direção com copos de café. Eu limpo as mãos no meu avental verde e a encontro no balcão.

— Obrigada — falo antes de sorver o líquido quente. O caminho para o meu coração é definitivamente um caramelo *latte*.

— Eu sabia que você precisava. Podia sentir seu desejo mais profundo quando estava na fila.

Jenna é a minha ajudante de meio período e amiga para todas as ocasiões. Ela se mudou para Beaumont há três anos para escapar de um marido abusivo e se afinou instantaneamente comigo e com a Katelyn.

— Como você está segurando as pontas? — ela pergunta. Encolho os ombros, não querendo realmente falar sobre essas coisas agora. Eu preciso aguentar o dia. Conforme as notícias se espalharem, velhos colegas de classe vão voltar e, por mais fútil que possa parecer, quero estar com uma boa aparência. Não quero parecer que acabei de levar um fora porque é disso que a maioria deles se lembra.

— Eu só... — Escondo os olhos por trás da mão. — Não tenho lembranças que não envolvam Mason. Não sei o que vai acontecer na segunda-feira, quando eu abrir e ele não estiver aqui para comprar as flores da Katelyn. Ele faz isso há mais de dez anos.

— Sinto muito, Josie. Eu queria que tivesse alguma coisa que eu pudesse fazer por vocês.

— Só estar presente pela Katelyn é suficiente. Eu cuido dos meus próprios sentimentos.

Jenna dá a volta no balcão e me abraça antes de ir colocar seu avental. Sou grata pela ajuda dela, especialmente hoje. Talvez eu possa delegar os preparativos do funeral e me focar no que é feliz.

Por outro lado, talvez não.

Na frente da vitrine, olhando para dentro da loja, está o Sr. Powell. Ele parece perdido.

— Eu já volto — digo para Jenna quando cruzo a porta da frente. O dia está ventoso, com um ar gelado. Definitivamente não é um dia típico de outono aqui.

— Sr. Powell — digo, fazendo menção de tocar seu braço. Ele perdeu a esposa para o câncer no ano passado e agora o filho... nem consigo imaginar.

— Josephine. — Sua voz está carregada de dor, rouca. Seus olhos estão vermelhos e vazios. — Eu estava passando por aqui quando olhei pela vitrine e me lembrei da primeira vez que tive de levar Mason para comprar flores para a Katie. Eles tinham um baile e eu ia levá-los. — Ele balança a cabeça como se não tivesse certeza se está inventando ou se não quer mais se lembrar.

— Isso foi há muito tempo, Sr. Powell. Quer entrar e eu ligo para a Katelyn para o senhor? Talvez ela possa vir buscá-lo.

Ele balança a cabeça.

— Não quero incomodar a Katie. Ela tem o suficiente com que se preocupar para ter que tomar conta do sogro. — Ele para de falar de repente, seus olhos vidrados. Olho em volta para ver se alguma coisa chamou sua atenção. — Ainda sou o sogro dela?

Minha mão cobre a boca, mas não consegue abafar o meu grito.

— É claro que é — sussurro. — Ela é a sua Katie, o senhor é o único que pode chamá-la assim, o senhor sabe. Ela te ama como se fosse o pai dela.

O Sr. Powell me olha e acena com a cabeça antes de sair. Quero segui-lo e me certificar de que ele chegue em casa ou seja lá onde ele decida ir, mas fico paralisada na calçada observando-o se afastar.

Mason nunca vai saber o impacto que teve sobre todos em Beaumont.

Quando consigo voltar para a loja, Jenna está escolhendo as rosas para as coroas do funeral. Dou um suspiro de alívio por nem ter precisado pedir. Ela simplesmente sabia. Entro atrás dela e passo os braços ao seu redor num abraço, agradecendo-a por ser uma boa amiga.

Os pedidos chegam que é uma loucura, a maioria deles para Katelyn ou para a cerimônia. Mantenho o meu entregador ocupado hoje e, cada vez que ele entra, está sorrindo de orelha a orelha. Não consigo imaginar por quê. A maioria das pessoas não dá gorjeta quando recebe flores para um funeral, a menos que, é claro, você seja a Sra. Bishop, mãe de Katelyn, com a cara rígida de plástica, que é tudo o que a palavra "apropriado" significa.

Jenna e eu trabalhamos lado a lado. Tento não prestar atenção, mas não posso deixar de olhar em intervalos de poucos minutos. Os arranjos estão ficando muito bonitos. Gosto de pensar que Mason ficaria impressionado.

— Quando você vai dizer sim ao Nick?

Eu ameaço espetar Jenna com minhas tesouras.

— Ele pediu de novo, há algumas noites — respondo, pegando um pouco de mosquitinhos para cortar.

— Que número é essa vez?

Dou de ombros.

— Perdi a conta.

Jenna joga as tesouras no balcão e coloca as mãos nos quadris.

— O que diabos você está esperando? Ele tem um bom emprego, te ama e cuida do Noah. Não há muitos homens que queiram brincar de papai quando o filho não é deles.

Tento esconder o sorriso, mas ela me dá um soco no braço.

— Você disse "sim"?

Confirmo com a cabeça e ela começa a dar pulinhos. Jenna puxa minha mão e olha de sobrancelhas franzidas quando vê que não estou usando um anel de noivado.

— Vamos esperar até tudo se acalmar. Não é hora de comemorar, sabe? Nós dois perdemos nosso amigo e, mesmo que estejamos felizes e apaixonados, Katelyn e as crianças significam mais para nós do que dizer a todos que finalmente vamos nos casar.

Jenna passa os braços em volta de mim e me abraça apertado.

— Ele vai te fazer feliz, Josie.

— Ele já faz — respondo quando ela recua alguns passos. Já posso ver as engrenagens girando em sua cabeça, e isso só confirma o que eu disse ao Nick: precisamos fugir para casar.

Ela volta e começa a trabalhar novamente.

— Você acha que ele vai adotar o Noah?

Deixo minhas tesouras caírem no chão, e erro meu pé por muito pouco. Limpo minha garganta.

— Eu... Eu não sei quanto a isso.

— Por que não? Ele cria o Noah desde... o quê? Os três anos?

Mordo o lábio e apenas confirmo com a cabeça.

— Nós nunca discutimos isso e realmente não quero falar sobre o pai do Noah agora.

Ela olha para mim e sorri.

— Tudo bem — diz ela, mas sei que vai perguntar de novo.

Não penso no pai de Noah há anos. Não, isso não é verdade. Mais como horas, e ainda mais desde que Mason morreu. Não sei se ele sabe sobre Mason ou se ao menos se importa. Só espero que ele não apareça aqui.

Capítulo 3

Liam

Pego a estrada à noite para evitar que as pessoas me sigam. Dormi durante o dia e cheguei em casa em setenta e duas horas.

Casa.

Que palavra estranha. Desde que me lembro, eu vivo em hotéis. Eles são fáceis, tranquilos e têm segurança de primeira qualidade. Nunca preciso sair se não precisar. Tenho alguém que faz minhas compras e lava minha roupa. Quando algo quebra, alguém está lá para consertar, e meus convidados são filmados.

O clima está mais frio do que eu me lembro. Espero que minha empregada tenha colocado as roupas certas na mala. Sam vai mandar um terno novo para o meu hotel. Ela queria vir comigo para dar apoio moral, mas eu recusei. Não preciso dela. Não a quero aqui. É só um bate e volta, eu falei para ela. Só que eu parti uns dias mais cedo do que o previsto porque preciso de tempo para encontrar com *ela*.

Mesmo se for só para vê-la do outro lado da rua, eu preciso de tempo extra para me lembrar de por que eu desisti da faculdade e dos sonhos dela para passar incontáveis dias em um estúdio apertado e noites sem dormir viajando em um ônibus por todo o país. Eu preciso ter uma visão *dela* para ter certeza absoluta de que tomei a decisão certa para mim, independentemente do quanto a magoei.

Preciso saber se ela está em outra... Espero que esteja. Quantos filhos ela tem e qual é o ganha-pão do seu marido? Eu só espero que ele a trate melhor do que eu tratei, por que ela merece isso e muito mais.

Entro no Holiday Inn nos arredores de Beaumont e desligo a moto antes que o gerente saia para me dizer que estou perturbando a paz. Com o apoio da moto no chão e depois de tirar o capacete, coloco um par de óculos falsos e abaixo bem um boné sobre o rosto. Sei que a notícia vai se espalhar assim que eu colocar um pé em Beaumont, mas, por alguns dias, eu gostaria de ser anônimo. Deslizo os braços no meu estojo impermeável de violão e solto a mala da parte de trás da moto.

A caminhada até o saguão é dolorosamente longa. Esse hotel não está longe da estrada e o ruído é muito presente. É o hotel mais modesto que eu poderia escolher e um em que ninguém pensaria em procurar por mim. Lembro-me de quando pedi que Sam reservasse meu quarto aqui e achei que poderia matá-la só com as palavras *hotel simples de três estrelas*. Porém, aqui estou eu, entrando em um saguão comum com uma TV com o som nas alturas e um café velho na chaleira ao lado de rosquinhas de hoje de manhã.

— Como posso ajudá-lo? — A recepcionista está falando antes mesmo de eu ter entrado pela porta. Sua voz é estridente e irritante; um lembrete doloroso de unhas arranhando o quadro negro. Seu cabelo está puxado para trás num rabo tão apertado que o rosto dela não tem opção a não ser sorrir. Seus lábios estão pintados de vermelho Hollywood. Quero lhe entregar um lenço de papel e dizer que os caras de Hollywood não curtem essa coisa de batom porque são evidências.

Mas não faço nada. Não digo oi e nem mesmo sorrio para ela. Só quero chegar ao meu quarto e talvez dormir um pouco.

— Eu preciso fazer o check-in — digo. Entrego minha carteira de motorista e espero. Meus dedos começam a tamborilar no balcão enquanto ela digita meu nome no computador. Cada vez que ela olha para mim e sorri, eu quero voltar atrás. Alguém devia lhe falar que ela usa maquiagem demais, e que, se puxar mais o cabelo, vai acabar careca.

— O Sr. Westbury é seu pai? — ela pergunta com um brilho esperançoso nos olhos. — Ele é meu professor de ciência política. — Balanço a cabeça para negar, mesmo que a resposta provavelmente seja sim. Não sei, já que ele não fala comigo desde que larguei a faculdade.

— Oh, bom, que pena. Ele é um ótimo professor.

— Que bom pra você — digo. O rosto dela transmite decepção com minha falta de entusiasmo.

— Se houver alguma coisa que possa fazer por você, me avise — diz em sua voz irritante, aguda e muito infantil. Ela coloca os cartões do quarto em cima do balcão e me pede para preencher o formulário de registro da moto. Escrevo apenas as informações pertinentes, evitando a marca e o modelo. Eles não precisam saber.

Pego os cartões e sigo para o elevador. Quando entro, olho para o cartão e suspiro. Estou no sexto andar, o mais alto que eles têm, mas não alto o suficiente para mim. Isso vai ter que servir, e é de curta duração. Só vim dizer adeus a Mason e olhar um pouco para *ela*, antes de retornar para a minha vida.

O corredor fede. É a primeira coisa que noto quando saio do elevador. Isso e o carpete horroroso que reveste os corredores. Odeio o cheiro de cigarro velho. Abro a porta do quarto, deixando cair a mala em uma das camas de casal. Vou até a porta de vidro deslizante, abro as cortinas escuras e grossas e olho para as luzes de Beaumont. Solto o trinco e abro a porta, saindo para o ar gelado.

O som de vidro quebrando me faz olhar para a esquerda. Imediatamente, queria não ter feito isso, porque logo adiante está a torre d'água onde Mason e eu, juntamente com alguns outros, costumávamos subir depois dos nossos jogos. A gente levava uma caixa de cerveja lá para cima, deixava as meninas lá embaixo e via quem conseguia acertar a caçamba da minha caminhonete com as garrafas vazias.

— Parece que alguém está perpetuando a nossa tradição — falo para ninguém.

— *Mase, desça aqui. Estou solitária* — *Katelyn grita para ele.*

O riso entre nós e as meninas é suficiente apenas para manter um fluxo constante de ruído no ar.

— *Eu te amo* — *Mason grita, unindo as duas mãos em concha.*

— *Eu vou casar com essa garota e fazer lindos bebês com ela.* — *Começamos a rir, mas eu sei que é verdade. Katelyn faz tudo por Mason. Conheço a sensação. Olho para baixo e vejo a silhueta da minha garota ao lado da minha caminhonete, minha jaqueta esportiva da escola me provocando ciúmes, pois está em volta dela. Mas isso aqui é tradição.*

— *Eu sei, cara* — *digo, dando um tapinha nas costas dele.*

— *Casamento duplo!* — *ele grita quando eu cuspo minha cerveja ao ar livre.*

— *Cara, você é um cara. Não deveria estar falando de casamentos e dessa merda toda* — *Jerad comenta antes de dar um gole na cerveja dele.*

Mason encolhe os ombros.

— *Quando amar alguém, você vai saber.*

Nada é igual e tudo poderia ser como se já estivesse planejado. Mason não deveria ter ido embora. Se fosse para ser, era para ter sido eu. Arruinei o plano.

Volto para o quarto, fecho a porta e puxo as cortinas. Quando olho para a cama, ela está zombando de mim, falando que não sou bem-vindo. Ela não me quer tanto quanto eu não a quero.

Não posso ficar aqui. Este quarto vai me sufocar. Eu me livro do meu disfarce e pego minha jaqueta e capacete. Talvez andar de moto vá clarear minhas ideias... bem, talvez não. Da última vez que peguei a estrada sem fazer planos, tomei uma decisão que mudou minha vida.

A sinalização vermelha de saída acima da escada é mais convidativa do que o elevador. Bato o ombro contra a porta e desço as escadas correndo, deslizando pelo corrimão exatamente como fazia quando era mais novo, algo que não faço há muito tempo.

Meu capacete está na cabeça antes que eu chegue ao saguão. A última coisa que quero é a tonta da recepcionista tendo ideias de quem eu sou. Do jeito que tenho sorte, ela iria entrar no meu quarto, deitar na colcha pulguenta e esperar que eu vá lá fazer o serviço.

Passo.

— Você precisa de serviço de despertador? — ela pergunta quando corro pela recepção. Ela está falando sério? Pego o celular e olho o relógio. Já passa da meia-noite.

Balanço a cabeça em negativa.

— Estou de boa — respondo ao abrir a porta com tudo e seguir para a moto.

Não há nada como o rugido de um motor. A mera vibração já me conforta. Giro o acelerador, piso no pedal para dar partida e saio rasgando do estacionamento. Posso sentir a recepcionista me olhando. Aposto qualquer coisa que ela está lambendo os lábios de emoção.

Sem um destino em mente, fico nas estradas vicinais. Quanto menos tráfego, melhor. Só eu e a estrada e o sol iminente ameaçando elevar sua cabeça feia para mais um dia de merda.

Fico chocado quando alcanço os limites de Beaumont. Bem, na verdade, não. Tenho pensado sobre esta cidade sem parar desde que fiquei sabendo sobre o Mason. A cidade é tranquila, postes de luz de ferro forjado iluminando o caminho pelas ruas.

Nada mudou.

Diminuo a velocidade conforme vou entrando na cidade. Viro à esquerda, viro à direita e acabo na rua onde cresci. Quando paro em frente à minha casa de infância, vejo uma luz no exterior e uma lá dentro, e sei que meu pai está acordado.

Nada mudou.

A casa de dois andares branca com porta vermelha é a mesma. Não há carros na garagem e o gramado é cuidado à perfeição. Meu quarto está escuro, e gostaria de saber o que fizeram com ele. Minhas fotos ainda estão penduradas no corredor ou foram removidas quando eu os traí da pior forma? O que eles dirão quando seu filho rebelde bater na porta e quiser ficar para o jantar?

Dirijo por mais duas quadras para baixo, viro na outra e paro em frente à casa dos Preston. Não sou idiota em pensar que ela ainda mora aqui, mas sei que ela não perderia isto, a menos que ela e Katelyn não sejam mais amigas.

A luz da varanda acende e a porta se abre. O Sr. Preston, o homem que seria meu sogro, sai para o alpendre. Sei que ele não pode me ver por causa do capacete escuro, mas talvez esteja se perguntando quem é.

Ele fica lá e olha para mim, e eu para ele. Ele envelheceu, da mesma forma que acho que meu pai envelheceu. Ele desce para o gramado, e essa é a minha deixa para ir embora. Aciono o acelerador e saio da rua, deixando o Sr. Preston sem respostas em seu quintal.

Capítulo 4
Josie

Paro o carro na entrada da garagem da casa térrea e modesta de Katelyn e Mason. Triciclos cor-de-rosa combinando estão no quintal. Não consigo encontrar forças para sair do carro. É como aceitar o inevitável. Eu sei que nada vai trazer Mason de volta ou mudar o que aconteceu, mas talvez eu possa prolongar só um pouco mais.

— Tia Joey, o que você está fazendo? — Dou um pulo surpreso ao ouvir aquela vozinha. Peyton está olhando fixo para mim, em pé ao lado da porta do passageiro. Seus cabelos castanhos presos em marias-chiquinhas amarradas com fitas e seu sorriso desdentado iluminam meu dia.

— Nada, querida, só estou pensando — eu digo ao sair do carro e ir até onde ela está parada. Ela está vestindo seu uniforme dominical de futebol americano e calça de moletom e tem uma bola debaixo do braço. Ela é toda Mason.

— Onde está o Noah?

— Ele está na escola.

O rosto perde o entusiasmo e ela olha para o chão. Seu pezinho calçado de tênis começa a balançar para frente e para trás.

— Mamãe diz que não temos de ir à escola até depois. — Sua voz some.

Tento evitar as lágrimas quando sinto meu coração partir por ela e pela irmã. Elas só tiveram cinco anos com seu pai e só lembrarão dele se tiverem sorte. Eu me curvo na frente dela e limpo uma lágrima desgarrada de sua bochecha.

— Noah pode vir depois da escola, antes de ele ir para o treino, tudo bem?

Ela faz que sim e eu a pego nos meus braços para levá-la para dentro de sua casa outrora feliz.

Esta é minha primeira vez na casa dos Powell desde a noite em que recebemos a ligação. Eu vim para ficar com as meninas enquanto Katelyn estava no hospital à espera de um sinal de que Mason ia sobreviver. Andei de um lado para o outro nesse chão, o mesmo chão onde eles andavam quando as meninas tinham resfriados ou gripe e os deixavam acordados à noite.

No mesmo chão onde Mason deixou cair um prato cheio de frango quando tropeçou no saco de bolas de futebol que ele esqueceu de guardar depois do treino. Katelyn e eu rimos tanto. Quando se levantou, Mason estava com o rosto todo oleoso de frango. Só de olhar para ele, Katelyn sabia que ele iria atrás dela.

Coloco Peyton no chão e lhe dou um beijo na testa. Nem sei como dar conforto a ela e à sua irmã, que dirá à mãe delas.

— Onde está a sua irmã? — pergunto.

Peyton encolhe os ombros.

— Com a mamãe, eu acho.

— Tia Joey, quem vai assistir futebol comigo agora? — A voz dela falha quando faz a pergunta mais simples de todas.

Geralmente, eu tenho uma resposta para tudo, mas, quando olho nos olhos dela, não sei o que dizer, porque não há uma resposta. Poderia ser eu, em uma semana, ou o Sr. Powell, mas nunca será Mason. Ele era o companheiro de futebol dela e ela era a companheira dele.

— Tenho certeza de que o Nick iria adorar, ou até mesmo o Noah. Talvez seu avô possa vir aos domingos.

— Não é a mesma coisa — ela sussurra antes de me deixar no meio da sala, rodeada por nada além de memórias, momentos únicos na vida capturados por uma lente da vida real e congelados no passado. E às vezes não é suficiente. Todas as lembranças criadas agora não terão Mason.

— Oi. — Eu me viro e encontro Katelyn atrás de mim. Seu cabelo está preso em um coque desleixado, e ela está vestindo uma das camisas do Mason. Não consigo segurar as lágrimas e sufoco um soluço correndo para segurá-la. Ela chora no meu peito, seus soluços dissolvendo minhas reservas.

— Eu sinto muito — falo baixinho para ela. Suas mãos estão agarradas à minha camisa e ela luta para se controlar. Eu pude contar com ela quando meu mundo desmoronou, e ela vai poder contar comigo, mesmo que isso me mate.

Quando ela recua, enxugo suas lágrimas como acabei de fazer com Peyton.

— Você parecia bem ontem — digo, tentando lembrá-la de que ela está tendo alguns bons momentos.

— Ontem, eu não tinha que tomar decisões, exceto sobre as flores que eu queria. Hoje, eu tenho que escolher um caixão e trazer... — Ela respira fundo, cobrindo o rosto com as mãos. Seu anel de noivado de diamante cintila na luz do sol. — Eu tenho que escolher o último traje dele e não sei o que ele iria gostar de vestir.

Não consigo nem imaginar. Eu não saberia o que fazer. Quando as coisas mudaram para mim, eu queria morrer, mas Katelyn e Mason me ajudaram a segurar as pontas. Eles eram a minha cola. O amor da minha vida não morreu, ele só decidiu que eu já não era o que ele precisava na vida e então foi embora. Não tive que enterrá-lo ou limpar seu escritório. Ele levou meu coração com ele quando fechou a porta.

— Acho que você deveria perguntar às meninas o que elas querem que ele use. Deixe-as te ajudarem, porque você vai precisar delas para superar tudo isso. Eu sei que a Peyton está preocupada com quem vai assistir ao futebol com ela no domingo.

— Eu sei. — Ela suspira pesadamente. — Elle quer saber quem vai colocá-la à noite na cama porque ninguém faz isso como o pai.

Puxo minha amiga de volta em um abraço. Não existem palavras que eu possa dizer que vão resolver esse dilema para ela, apenas o tempo. Mas o tempo machuca.

Katelyn aceita meu conselho e pede a ajuda das gêmeas para escolher a roupa final do pai delas. Quando voltam, as três estão segurando roupas que não combinam. Katelyn me mostra uma calça social escura. Peyton segura a camisa de treinador, e Elle, os sapatos com os quais ele vai ser enterrado, um pé de tênis e outro de chuteira. Abro um sorriso que faz todas elas rirem.

É perfeito e totalmente Mason.

A viagem até a funerária é silenciosa. Katelyn brinca com seus anéis, muito parecido com como ela fazia quando ficou noiva. Olho para minha mão nua e me pergunto quando Nick vai deslizar uma aliança no meu dedo. Não precisamos de um anúncio; as pessoas já esperam. Nick e eu estamos juntos há seis anos. Já era hora de tomar uma decisão. Um homem como o Nick não vai esperar para sempre. Todo mundo diz que ele é um bom partido, porque é o único de nós que realmente trabalha na sua área de formação. Eu seria idiota de não me casar com o pediatra da cidade.

Escolher um caixão é muito mais difícil do que parece. Você pode escolher o tipo de madeira, o revestimento interno e a cor. Todas as coisas que Katelyn precisa decidir, sentada dentro de um escritório que tem cheiro de defunto.

Katelyn tem de escolher a música, os programas e a lista de quem vai carregar o caixão. Fico vendo-a escrever os nomes, deixando o sexto espaço em branco.

— Você esqueceu de um — eu indico.

Ela balança a cabeça.

— Só por via das dúvidas — ela diz. Ela não tem que explicar o que quer dizer; eu sei a quem ela está se referindo, mas não quero pensar *nele*.

Depois que a deixo na casa dela, vou para a minha. Noah deve ter voltado da escola e eu só quero abraçá-lo até ter uma boa certeza de que ele nunca vai me deixar.

— Noah? — chamo, assim que entro em casa. A TV está ligada e eu o encontro deitado no sofá. Ele está assistindo a um filme antigo de jogo de Mason e Nick do colégio. Ouço aquele nome familiar e olho para Noah, correndo os dedos pelo seu cabelo. — O que está acontecendo, filho?

— Só estou assistindo — diz ele, pegando a minha mão.

Eu me sento e o aconchego no meu colo. Adoro que ele ainda seja meu garotinho quando preciso que ele seja.

— Você era bem engraçada, mãe. — Ele começa a rir. Puxo seu cabelo e belisco sua orelha só para que eu possa continuar a ouvir sua risadinha.

— Espere só até você ter a minha idade e a gente assistir aos seus vídeos.

— Alguém em casa?

— Aqui — eu grito quando Nick chega. Ele dá uma olhada no que estamos vendo e vem por trás de mim, passando os braços ao redor dos meus ombros.

— Por que estamos vendo isso? — ele sussurra no meu ouvido. Encolho os ombros e faço um sinal para Noah. Nick sabe que eu nunca colocaria esse filme, pois assistir a esses fragmentos de imagens não faz nada a não ser abrir velhas feridas.

Noah continua a rir de mim e de Nick, de como tínhamos aparência engraçada no ensino médio. Toda vez eu o lembro de que tenho fotos dele bebê, pelado, que vou mostrar para todas as suas namoradas.

Beaumont ganha a partida e essa é a minha deixa para desligar. Procuro o controle remoto, entrando em pânico. Não quero ver o que está no final.

— Mãe, quem você está beijando?

Olho para a tela e vejo o garoto que assombra os meus sonhos e a minha realidade. Ele se vira de frente para a câmera, um braço frouxo ao redor de mim. Quando vejo seus olhos azuis, mordo o lábio. Tenho pensado mais sobre ele desde que Mason morreu, e me pergunto se ele está feliz. Levanto e desligo a TV para que não tenha mais que olhá-lo.

— Ele não é ninguém, amor — digo, já saindo da sala.

Heidi McLaughlin

Capítulo 5

Liam

Andar pela cidade ontem à noite foi um erro. Parar na frente da casa dos Preston foi um erro total de julgamento. Fiquei surpreso ao descobrir que o Sr. Preston estava acordado, e ainda mais por estar disposto a sair e encarar um estranho de moto, especialmente um motoqueiro vestido todo de preto.

As paredes deste quarto de hotel estão se fechando, e rápido. Eu devia ter ficado mais longe da cidade, onde eu pudesse ter pelo menos uma suíte com espaço para me movimentar. Preciso andar e pensar. Pensar sobre o que vou fazer quando a vir. Eu só quero olhar. Eu preciso saber que ela está bem e feliz. Que ela seguiu em frente e que eu não sou nada além de um pontinho insignificante no radar dela.

Talvez ela compre minha música, porque pode dizer que uma vez me conhecia, muito tempo atrás. Eu já a imaginei muitas vezes na fila do mercadinho segurando a revista *People* ou a *Rolling Stone* quando estou na capa. Quero pensar que ela leu os artigos e me viu falar dela sem dizer seu nome. Que ela criou uma playlist no iPod de todas as músicas que são sobre ela, que ela sabe que eu nunca deixei de amá-la.

Eu bato meu punho na cabeça.

— Você é tão idiota, Liam. Ela não está nem aí pra você, porra. Você a deixou e mudou o número de telefone para não ter de ouvi-la chorar na sua caixa postal.

Tenho que sair deste hotel porque ficar aqui só me faz lembrar dela e a noite que perdemos nossa virgindade um com o outro, e isso está me deixando louco.

Com meu capacete na cabeça antes de chegar ao saguão, corro porta afora, evitando a recepcionista do dia. Na verdade, ela é um pouco mais bonita do que a recepcionista da noite, mas não muito. Não há nada pior do que uma mulher que se esforça demais.

Passo veloz pelas estradas vicinais, fazendo curvas com mais velocidade do que deveria, passando por carros que vão devagar demais e rasgando por um ônibus cheio de crianças. Há algumas buzinadas e janelas abaixadas, mãos voando para fora. Nem me incomodo de olhar no retrovisor e vê-los me mandando para aquele lugar. Eu fiz isso antes de qualquer idiota achar que é dono dessas ruas.

Mason e eu éramos os donos delas. Nós éramos tão idiotas quando mais jovens. Sempre dirigindo rápido demais ou bebendo, para não mencionar os muitos jogos de beisebol com as caixas de correio. Caramba, eu costumava dar uns amassos com a minha garota enquanto dirigia, deixando-a montar em mim só para sentir o corpo dela no meu antes de deixá-la em casa.

Noites quentes de verão passadas na traseira da minha caminhonete, olhando para as estrelas, segurando-a entre as minhas pernas com meus braços ao redor dela. Eu falei que a amaria para sempre. Fui eu quem disse eu te amo primeiro e prometi nunca a decepcionar.

Saio da rua de repente e paro a moto em um estacionamento. Preciso me acalmar. Pilotar como um idiota não resolve nada. A última coisa que eu quero é o meu nome no jornal porque estava sendo imprudente. Trabalhei duro para manter a minha imagem limpa. Chega de erros para mim.

Quando olho para cima, vejo que estou no Museu Allenville, um lugar dedicado aos esportes de ensino médio. Desço da moto e entro após pagar o ingresso de cinco dólares. Lá dentro parece um santuário. Estou no topo com minhas estatísticas de quebra de recordes exibidas debaixo da minha foto. Há uma foto de Mason e eu juntos. Era para quebrarmos recordes na Universidade do Texas, mas ele queria ficar perto da Katelyn e optou por fazer a faculdade estadual com ela. Entre nós, ele era o inteligente.

Uma foto grande de Mason está bem no centro do museu com um pano preto pendurado sobre as bordas. Há uma mesa ao lado de sua foto com mais fotografias do colégio, algumas dele comigo e com outros caras. Estamos todos tão jovens em nossos uniformes de futebol americano, com o dedo indicador em pé, contando para o mundo que somos número um. Não tínhamos uma preocupação no mundo, só queríamos vencer. Uma das nossas bolas de futebol do campeonato que vencemos está em um suporte. Eu quero tocar, sentir o couro contra os meus dedos, mas me contenho. Esses dias acabaram. Deixei todos eles para trás quando fiz as malas e deixei o Texas em troca das luzes brilhantes da cidade grande.

— *Está ouvindo essa multidão?* — *Mason grita para mim antes de* sair do túnel. É o nosso último jogo no colegial e este ano ficamos invictos. Aniquilamos a competição. Mason está muito perto de quebrar o recorde estadual de jardas percorridas e eu quebrei o recorde de passe mais cedo nesta temporada. Nós dois assinamos nossas cartas de intenções para a Universidade do Texas hoje de manhã.

E agora estamos prestes a disputar nosso quarto título estadual.

— Sim, cara, estou ouvindo. Loucura, né?

— Deve ter mais gente do que no ano passado.

É claro que tem. Nós somos os melhores.

Dou uma palmada na bunda da minha garota quando ela passa por mim com a saia branca e dourada de líder de torcida balançando quando ela corre. Ela se vira e vem rebolando até mim com aquele olhar. Eu sei o que ela está esperando e eu pretendo lhe dar.

— Você sabe o quanto acho você sexy quando morde o lábio assim? Você está com aquele olhar, Liam. Tem planos para nós mais tarde? — ela sussurra no meu ouvido. Meu foco agora está direcionado unicamente nela em vez de no jogo quando sua mão sobe debaixo da minha camisa. Não há nada melhor do que a pele dela contra a minha.

— Parem com isso vocês dois — Mason diz ao me dar um tapa na nuca. — Se você o deixar com uma ereção durante o jogo, algum linebacker vai quebrar o pau dele.

Todos começamos a rir. Ela me dá um beijo de despedida e me manda detonar. Ela nunca me deseja boa sorte, apenas diz para detonar.

Coloco meu capacete e corro para o campo. Passamos por líderes de torcida e alunos. A música está nas alturas quando somos anunciados para o campo. Os pais e os fãs estão de pé nas arquibancadas, gritando a plenos pulmões.

Mason e eu vamos para a lateral do campo e começamos o aquecimento, sempre juntos. Temos uma rotina e não vamos quebrá-la agora.

Quando soa o apito, vou até o centro com Mason à minha esquerda. A jogada é para ele. Ele só precisa de 100 jardas para quebrar o recorde estadual e eu vou fazer de tudo para isso acontecer esta noite. Nossa primeira jogada é uma passada para ele; ele faz o primeiro tackle e ganha 30 jardas.

Fazemos isso várias vezes até o pai dele levantar a plaquinha com *o número 100, e eu sei. Entrego a bola a Mason e o vejo correr até seu pai. Eles se abraçam e os fãs vão à loucura. Mason Powell acabou de quebrar o recorde de todos os tempos de jardas percorridas com 9.502.*

Eu me lembro do jogo como se fosse ontem e, parado aqui, parece mesmo que foi. Quase sinto o cheiro da lanchonete preparando cachorros-quentes e pipoca. Posso ouvir os aplausos e sentir a vibração dos pés batendo na arquibancada.

Ainda vejo o rosto do Sr. Powell quando Mason quebrou aquele recorde. Eu queria que meu pai me olhasse daquele jeito.

Andando, eu nos vejo em toda parte. Os quatro títulos estaduais que ganhamos no futebol americano e dois no beisebol. Nick Ashford está me encarando, seu sorriso presunçoso no rosto, segurando o prêmio de jogador mais valioso. Ele queria ser eu. Quando ele chegou a Beaumont, me seguia para toda parte. Ele sempre andava com a gente como se fosse nosso amigo da vida inteira, quando tudo o que ele queria era a minha garota.

Além de Mason, não sei o que aconteceu com nenhum dos meus colegas de classe. Não mantive contato porque eu não tinha nada a dizer e não quero ouvir que fracasso eu fui por ter desistido da faculdade. Eu tinha que fazer a melhor escolha para mim e a fiz, mesmo sabendo que magoei todo mundo que eu amava, especialmente *ela*.

Quando um grupo de garotos entra aos montes, me escondo no banheiro. Não espero que eles saibam quem eu sou, mas as professoras devem saber e não quero dar autógrafos nem posar para fotos. Só quero ser eu mesmo, mesmo que seja por pouco tempo.

Quando saio do banheiro, há um garotinho na pia com as mãos debaixo da água. Olho para ele através do espelho. Ele está chorando, mesmo que esteja tentando lavar as lágrimas jogando água no rosto.

Ele é meio pequeno e seu cabelo é um pouco mais longo do que o normal para meninos da idade dele. Talvez estejam fazendo bullying com ele e por isso ele está se escondendo aqui. Odeio quem faz bullying. Mason e eu não permitíamos nada disso quando estávamos na escola. A gente garantia que não houvesse.

— Tudo bem aí, companheiro? — pergunto, apesar de saber que deveria me esconder. Não quero saber por que não quero confronto, mas não suporto ver crianças chorando.

Ele faz que sim e cobre o rosto.

— Não devo falar com estranhos — ele diz. *Garoto esperto.*

— Você está certo. Só quero ter certeza de que você não precisa do seu professor, nem nada assim.

— Não, não precisa.

— Beleza. — Lavo as mãos, olhando para o menino através do espelho. Ele observa cada gesto meu e olha as tatuagens nos meus antebraços; deve estar se perguntando se vou sequestrá-lo, agora que ele falou com um estranho.

— Ei, senhor, eu conheço você.

Enxugo as mãos em uma toalha de papel sem entregar muita coisa.

— É mesmo? — digo, sem fazer contato visual.

— Conheço, era você que estava beijando a minha mãe em um vídeo que eu tenho.

Penso em todos os meus videoclipes e não me lembro de beijar ninguém.

— Você viu isso na TV? — pergunto.

— Não, você estava com uniforme de futebol.

Travo. Eu só beijei uma garota vestindo uniforme de futebol. Olho para o garoto, realmente prestando atenção. Seu cabelo escuro, queixo alongado e olhos azuis penetrantes. Não pode ser.

Diabos, isso é impossível.

— Ah, é, e quem é a sua mãe? — pergunto, entrando na brincadeira.

— Josie Preston.

— É mesmo? — pergunto, quase incapaz de fazer as palavras saírem da minha boca.

Ele confirma com a cabeça e abre um grande sorriso com dentes faltantes.

— Você beijou muito a minha mãe?

O que eu falo para esse menino? Não posso exatamente contar a verdade, ainda mais sem saber o que está acontecendo.

— Sim, sua mãe era muito bonita. Aposto que ela ainda é.

Ele concorda, balançando a cabeça. Eu costumava pensar que a minha mãe era a mais bonita até não aguentar mais olhar para ela e seu jeito robótico.

— Tenho que ir. A gente se vê — diz ele. Antes que eu tenha uma chance de responder, ele já saiu.

Saio do banheiro e do museu correndo o mais rápido possível. O menino tentou falar comigo conforme eu passava, mas ignorei. Preciso de respostas e, quer eu esteja preparado ou não, ela vai me dar.

Tenho que diminuir a velocidade quando chego à Rua Principal. Não posso me dar ao luxo de alguém suspeitar de mim ou arriscar ser parado pela polícia. Estaciono do outro lado da loja dela e fico olhando a porta por um minuto. Sei sobre a floricultura há alguns anos. Quando eram nossas datas comemorativas ou estava com saudade, eu a procurava como um *stalker* louco no Google e acabei descobrindo o que ela fazia, mas nada do que eu li falava sobre um filho.

Fico andando de moto até escurecer, esperando a loja fechar. Não quero uma plateia. Paro bem quando ela sai com uma baixinha ruiva. Elas dão um abraço de despedida e ela olha para mim. Suas feições estão suaves e ela não tem medo desse estranho em uma motocicleta, todo vestido de preto. Ela não sabe quem eu sou, só está apenas sendo cordial.

Não tenho um plano de jogo quando a vejo entrar de novo. Ela vira a plaquinha de *Aberto* para *Fechado*. Se vou fazer isso, preciso que seja agora, antes que ela tranque a porta. Ainda de capacete, abro a porta e os sininhos a alertam da minha presença.

— Estamos fechando — ela diz de algum lugar da loja. Não posso vê-la, mas posso senti-la no recinto.

Tiro o capacete e as luvas, colocando-os no balcão. Ela não me vê quando vira ao redor de uma parede.

— Quantos anos ele tem, Jojo?

Capítulo 6

Jasie

Minhas mãos voam para a boca em uma tentativa de impedir que o suspiro escape. O vaso que estou segurando se espatifa no chão, e a água encharca meus sapatos, minhas meias e meu jeans. Dou a volta no vidro quebrado e nas flores destruídas para ver melhor. Fecho os olhos antes de olhar para o homem parado do outro lado do meu balcão.

É ele.

Eu posso senti-lo; senti-lo se movendo em toda a minha pele como se ele nunca tivesse ido embora. Quando abro os olhos, ele está me encarando. Lembro-me de que preciso ser forte. Sou eu que mando aqui.

— O que você está fazendo aqui? — Minhas palavras mal saem como um guincho. Minha voz está rouca, como se eu estivesse gritando por horas a fio. Não é forte e determinada. Não é a voz autoritária que eu pratiquei no espelho mil vezes para quando este momento chegasse.

Ele vem em minha direção. Recuo um passo e levanto a mão. Não quero que ele chegue mais perto. Ele parece abatido. Coloca as mãos nos bolsos e olha para baixo. Não quero olhar para ele, mas não consigo evitar. Faz dez anos e ele mudou muito; mas ao mesmo tempo tudo é igual na forma como ele olha para mim.

— Jojo.

— Não me chame assim — falo de repente.

— Por que não? É o seu nome.

Balanço a cabeça, mordendo o interior da bochecha. Eu sei por que ele está aqui e quero odiar Mason por isso. Quero chutar, gritar e bater nele por fazer isso comigo... com a gente. Tudo estava bem e agora não está.

Ele sorri e balança a cabeça, dá um passo atrás e se encosta no balcão. Interrompo o contato visual quando ele morde o lábio inferior. Limpo a garganta e me afasto do vidro quebrado.

— O que você está fazendo aqui, Liam?

Ele encolhe os ombros.

— Você tem alguma coisa para me dizer?

Aceno em negativa, levando minha mão à testa para afastar a dor de cabeça iminente. Isso não está acontecendo agora, não pode ser.

— Não, não temos nada para conversar. Você deixou isso muito claro naquela noite no meu dormitório.

Liam se afasta do balcão e para diante de algumas das plantas próximas, esfregando as folhas entre os dedos antes de vir na minha direção. Não tenho para onde ir. Eu poderia correr, talvez gritar e alertar a loja vizinha, mas de que adiantaria? Um olhar para Liam significa que seu menino de ouro está de volta. Todos vão ficar muito felizes.

— Qual é o nome dele, Josie? — ele pergunta sem rodeios ao chegar mais perto de mim.

— Por que você se importa? — disparo de volta. Seus olhos lançam punhais. Não me importo se ele é algum músico badalado. Ele me deixou. — Você deveria ir embora.

— Não — diz ele, balançando a cabeça. Ele se aproxima mais alguns passos e eu recuo. Não posso dar mais passos sem cair em um expositor de flores. Ele ergue as mãos. — Eu só quero falar. Acho que você não quer que eu comece a fazer perguntas por aí, ou quer?

Balanço a cabeça em negativa. Liam fazendo perguntas pela cidade é a última coisa que eu quero. Não quero o nome de Noah trazido à tona, e as pessoas apontando dedos para ele, mesmo que alguns já façam isso.

— Que idade tem ele, Jojo? — ele pergunta no mesmo tom que usaria para falar que me amava no caminho de uma aula para a outra, ou quando me deixava em casa depois de um encontro.

— Ele vai fazer dez anos em junho.

Ele recua e olha para mim. Eu posso ver a dor em seus olhos, mas não me importo. Ele me deixou. Ele me deixou para criar um bebê sozinha.

— Qual o nome dele? — A dor é evidente em sua voz, mas não posso deixar que isso mexa comigo. Não posso. Eu preciso ser forte.

— Noah.

— Quando vou poder conhecê-lo?

Dou risada de sua pergunta e aproveito esta oportunidade para me afastar. Ele fica onde está. Vou atrás do balcão e começo a guardar minhas coisas.

— Você não pode, não é necessário.

— O que diabos você quer dizer com eu não posso? Eu tenho um filho. Um filho que você escondeu de mim e você está me dizendo que eu não posso vê-lo?

— O que faz você pensar que ele é seu? — Lamento as palavras no momento em que deixam minha boca. Uma dor completa toma seu rosto e eu sinto uma pequena alegria por machucá-lo.

— Está me dizendo que você me traiu? É isso, Jojo? — Não tenho tempo para reagir antes que ele esteja ao meu lado. Seu perfume toma conta de mim e faz meu coração bater mais depressa. Ao longo dos anos, eu me perguntei se ele tinha mudado o perfume Burberry que eu comprei para ele, mas ele não mudou e eu tenho que lutar contra todos os meus desejos para não estender a mão e tocá-lo.

— *Eu amo você, Jojo* — *ele sussurra no meu ouvido. Ele se move com fluidez e desejo. Eu sei que sou sua primeira, e nunca duvidei disso. Enterro a cabeça na curva do seu pescoço; ele cheira tão bem, é tão desejável e sexy. Meu corpo canta uma canção, e só ele tem a melodia.*

Olho em seus olhos, sua testa encosta na minha. Sua boca se abre quando meus dedos trilham um caminho pelo seu corpo, indo mais fundo.

— *Você é tão perfeita.* — *Ele me beija entre as palavras, mostrando-me o quanto me ama.*

— *Eu te amo, Liam.*

— *Você vai ser para sempre a minha garota.*

— Por que você está corada, Jojo?

— Por favor, pare de me chamar assim — eu praticamente imploro. Ele se afasta e se inclina do outro lado do balcão.

— Desculpe — diz. Ele começa a brincar com o lábio inferior e eu quero dar um tapa em sua mão e lhe pedir que pare com isso. — Você me traiu?

Não posso responder. Não quero responder a ele. Mesmo que não seja da sua conta, ele me conhece. Sabe que eu não o traí; só está esperando a confirmação.

— Você não pode entrar aqui e exigir respostas, Liam. Você esteve fora brincando de rock star. Você é o famoso Liam Page. Você deixou isso para trás. — Abro os braços ao meu redor e depois aponto para mim. — Você me deixou. Não há espaço para você aqui.

Ele ri.

— Não é muito hospitaleiro da sua parte. O que aconteceu com o velho ditado que você sempre pode voltar para casa?

— As pessoas não desaparecem sem um telefonema ou uma carta por dez anos. As pessoas não aparecem no seu dormitório e terminam com a pessoa que elas disseram que amavam e nunca mais retornam os telefonemas. — Escondo o rosto atrás das minhas mãos. Não queria que isso acontecesse. Eu poderia ter passado vinte anos e estar contente em não o ver nunca mais. Luto para segurar as lágrimas. Já derramei lágrimas suficientes por esse garoto por uma vida inteira. Não posso derramar mais nenhuma.

— As pessoas mudam — ele diz.

— Não quero fazer isso com você.

— Agora? — ele pergunta.

Nego com a cabeça.

— Não, nunca. Não tenho nada a dizer, Liam. Você disse o que tinha para dizer naquela noite e não esperou para ouvir o que eu tinha a dizer nem atendeu nenhuma das minhas ligações. Não tenho que ouvir as suas desculpas, e definitivamente não te devo nada.

Viro para não ter mais que olhá-lo. Eu preciso ficar forte e equilibrada. Preciso canalizar as técnicas de respiração que o médico me ensinou antes de eu ter o Noah.

— Você espera que eu vá embora sabendo que tenho um filho?

Dou risada.

— Sim, eu espero que saia por aquela porta, pegue sua moto chique, volte para a sua namorada celebridade e para o lugar de onde você veio. Não há nada aqui para você e eu não vou fazer meu filho sofrer. Não quero que ele conheça você para que depois você simplesmente vá embora da vida dele pelos próximos dez anos. — Limpo uma lágrima que cai do meu olho. Não vou mostrar o efeito que ele tem em mim.

— Eu não tenho namorada.

— Oh, meu Deus, Liam, de tudo que eu disse, você só escolhe a parte da namorada? — Balanço a cabeça. Quando me viro, ele está olhando para o chão.

— Seguimos adiante e você não é parte das nossas vidas. Noah não precisa de você, ele nem sabe quem você é, então, por favor, vá embora e não volte.

Liam faz um sinal afirmativo com a cabeça e não faz contato visual comigo ao passar. Vejo seu corpo, o mesmo corpo do qual conheço cada centímetro, dar a volta no meu balcão, onde está seu capacete.

— Nos vemos por aí, Josephine.

Ele só me chamou de Josephine uma outra vez na minha vida: na noite em que terminou comigo. Assim que a porta se fecha e ele está na moto, eu desmorono. Caio no chão, agarrando minha cintura, e choro. Choro por dez anos de sentir falta dele e por ele ter perdido tudo, incluindo Noah.

Capítulo 7
Liam

— Alô — eu rosno para o telefone, com raiva que alguém me acorde antes mesmo de o sol decidir levantar sua cara feia. Aperto os olhos para o relógio: seus números vermelhos me mostram que são só pouco mais de cinco da manhã. Era para eu estar de férias e não consigo nem dormir.

— Noite difícil, caubói? Achei que era uma viagem bate e volta. De acordo com os meus cálculos, você saiu há três dias. Parece que você decidiu passar algum tempo extra aí. O que está acontecendo?

— Jesus Cristo, Sam. São, tipo, cinco da manhã. O que diabos você quer?

— Bem. — Ela faz uma pausa. Sei que está olhando para as unhas das mãos, provavelmente pensando que precisa de manicure, ou alguma coisa assim. Realmente não me importo, só quero dormir e esquecer que ontem aconteceu. — Quando você volta para casa?

— Em breve. — Estou exausto demais para entrar no jogo dela. Eu deveria tê-la despedido há muito tempo, mas não fiz isso e agora estou preso.

— Liam — ela diz meu nome tão suavemente que eu sei o que está por vir. Estou sem vontade de lidar com as porcarias dela hoje.

— Agora não, Sam.

— Estou com saudade. Já faz quase uma semana que a gente se viu. Me deixa ir e ficar aí com você. Você precisa de mim.

— Não.

Desligo na cara dela. Não consigo lidar com ela, e definitivamente não a quero aqui fingindo que somos mais do que somos. Meu maior erro foi dormir com ela. Não, isso não é verdade. Meu maior erro foi deixar Josie no dormitório dela naquela noite e não a arrastar comigo. Se eu tivesse feito isso, estaríamos casados e seríamos pais. Talvez tivéssemos outro bebê agora.

Diabos, talvez estivéssemos divorciados e nada seria diferente. Ela ainda me odiaria.

Saio lentamente da cama e entro no chuveiro. Após meu encontro com a Josie ontem à noite, voltei para deixar a moto e fui andando até o bar mais próximo. Não estar em Los Angeles estraga um pouco meu estilo. Eu não tinha ninguém aqui para ligar para me buscar e sabia que estaria bêbado demais para pilotar ontem à noite.

Fico debaixo da água quente, permitindo que ela pulse sobre o topo da minha cabeça. Acho que estou temendo esse dia mais do que tudo. Em segredo, eu esperava que nunca chegasse, que meus dias fossem se repetir uma e outra vez, como uma faixa de música para a qual estou tentando gravar o vocal.

Desligo a água quando ela fica fria e não me preocupo em me secar antes de cair de volta na cama. Eu poderia estrangular Sam por me acordar. Sei que ela faz isso de propósito, porque não quer que eu esqueça que ela está lá... nos bastidores, insistindo no título de *namorada*. Ela adora me acompanhar no tapete vermelho; fica extasiada com a ideia de que a imprensa ache que somos um casal. Sam quer o pacote completo: o dinheiro, a fama e o rosto em todas as revistas, e acha que eu sou o bilhete de entrada. Não importa quantas vezes eu tenha dito a ela.

Eu não a quero.

Acordo pela segunda vez quando o telefone do hotel toca. A recepção me liga para dizer que meu terno está sendo trazido e que o carro alugado que pedi está me esperando na frente do hotel. Achei que aparecer para o funeral do meu amigo na minha Ducati não seria muito apropriado.

Visto meu terno preto risca de giz. Sam encomendou mais três camisas sociais novas em cores básicas: preto, branco e azul. Opto pela branca com gravata preta, simples e elegante.

Com uma última olhada no espelho, guardo meus óculos de sol no bolso. Posso ser conhecido como Liam Page, mas hoje sou Liam Westbury e estou de luto pelo falecimento do meu amigo.

O caminho até a igreja é rápido. Estou sentado no estacionamento contemplando o meu próximo passo. Não quero desviar a atenção de Katelyn, então vou tentar apenas entrar de fininho antes de começar, mas depois vou ter que conseguir sair de fininho. Posso prestar a minha homenagem e dizer adeus no cemitério antes de deixar a cidade amanhã.

Quando o último dos retardatários já entrou, sigo para as portas. Música toca lá dentro, quase inaudível, mas é um instrumental da nossa música de luta do ensino médio. A gente pensaria que Mason planejou tudo ele mesmo.

Abro a porta pesada e espero até ela se fechar silenciosamente. Vou até o livro de visitas e assino meu nome para que, quando Katelyn for olhar, saber que eu estive aqui, mesmo que a gente não se fale.

— Não pensei que você fosse aparecer.

Eu me viro e encontro Katelyn em pé atrás de mim. Ela está usando um vestido preto na altura do joelho e um chapéu preto. Ela não parece ter um dia a mais do que dezoito anos.

— Não tenho desculpas, Katelyn. Só vim dar minhas condolências.

— Não me importo...

— Eu vou embora. Não estou aqui para estragar seu dia. Sinto muito pela sua perda. — Devolvo a caneta para o pedestal e aceno para ela com a cabeça. Sua mão no meu braço impede minha fuga. Ela quer gritar comigo, e eu mereço. Eu mereço tudo o que ela e Josie querem atirar contra mim.

— Estou sem uma pessoa para carregar o caixão — diz ela, respirando fundo. — Eu esperava que você fosse aparecer, talvez um pouco mais cedo do que cinco minutos antes da cerimônia, mas tanto faz. Não vou te julgar, Liam. Mas vou pedir para você levar o Mason até o local de descanso dele e ficar ao lado dele até ele estar em segurança novamente.

Há lágrimas se acumulando nos meus olhos. Prometi para mim mesmo que não ia chorar, mas não consigo evitar.

— Seria uma honra — consigo falar antes de perder o controle. Ela faz que sim e me pede para segui-la. Passamos por uma porta, e todo o salão da igreja prende a respiração. Reconheço alguns caras do colégio, mas o que se destaca é o Nick. Ele estar aqui é chocante. Eles nunca foram amigos na colegial. Acho que a vida muda muito ao longo de dez anos.

Katelyn pede a todos do lado esquerdo da igreja para pular um lugar.

— Ele iria querer estar do seu lado esquerdo. — Ela coloca a mão no meu rosto e se inclina para me dar um beijo na bochecha. Mason se casou com uma mulher incrível.

Recebemos nossa deixa e levantamos Mason do carrinho onde

ele está. Quando as portas do vestíbulo se abrem, todos se viram. Os murmúrios sussurrados e os dedos apontados me fazem sentir como se eu estivesse jantando em um restaurante lotado e todos estão pedindo meu autógrafo no minuto em que meu prato é levado.

Com Mason no centro e suas flores postas sobre o caixão, os outros carregadores tomam seus lugares. Observo Nick se sentar ao lado de Josie e puxar a mão dela na sua. Não enxergo nada que não seja vermelho e ela não olha para mim. Mas Noah acena para mim e eu aceno de volta, o que faz o rosto de Nick assumir um tom feio de verde.

Quando olho para baixo, uma garotinha está puxando meu terno. A mão dela entrelaça na minha e ela me puxa para sentar com ela. Ela tem que ser uma das gêmeas de Mason e Katelyn. A outra se levanta e se senta do meu outro lado, segurando minha mão também. Katelyn olha para mim e sorri. Não sei se ela fez isso acontecer, mas eu serei eternamente grato.

Este é meu primeiro funeral e espero que seja o último. Nunca mais quero viver algo assim. Enquanto o pastor fala sobre a vida de Mason, percebo o quanto perdi. Quando olho para Noah, ele está me observando e eu me pergunto se ele sabe quem eu sou. Será que a Josie já falou para ele sobre mim? Nick parece furioso e isso meio que me faz rir. Eu não gostava dele no ensino médio e não estou levando numa boa o fato de que ele está segurando a mão da minha garota, mas isso é problema meu, e eu vou ter que lidar com ele.

Acho irônico que ele tenha feito avanços com a minha garota quando eu não estava por perto. Se fosse qualquer outra pessoa, eu não me importaria, mas Ashford me deixa irado.

— Alguém gostaria de dizer alguma coisa sobre Mason?

Solto as mãos das meninas e me levanto, endireitando o paletó. As pessoas estão sussurrando quando sigo até o púlpito, mas não me importo. Se vou fazer isso, vou fazer direito.

Pisco para Josie antes de preparar a garganta e falar no microfone.

— Dez anos atrás, tomei a decisão de mudar a minha vida. Nesse processo, perdi a única família de que eu realmente gostava: Mason, Katelyn e Josie. Fui egoísta, confuso e queria fugir do estigma de ser o menino de ouro do Beaumont. O que eu nunca imaginei é que perderia Mason, meu melhor amigo desde o jardim de infância. Ele era meu cúmplice e meu parceiro no campo. Tudo sobre a minha vida e sobre quem eu estava me tornando tinha a ver com Mason. Quando soube que o mundo o tinha perdido, um pedaço de mim morreu. Pela primeira vez em muito tempo, eu chorei. Chorei por todos os momentos que não passei com ele. Perdi seu noivado com Katelyn, seu casamento e o nascimento de suas lindas meninas que abriram seus corações incríveis para mim, mesmo que eu não mereça. Eu o decepcionei e por isso vou lamentar para sempre.

"Mason, meu amigo, eu vou fazer o possível para cuidar da sua família e me certificar de que elas tenham tudo que precisam."

Katelyn passa os braços ao meu redor quando volto para o banco. As gêmeas agarram minha mão e apertam forte.

— Meu nome é Peyton. Você vai assistir futebol comigo no domingo?

Olho para a garotinha que claramente é toda Mason, vestindo a camisa de futebol americano do Beaumont High.

— Oi, Peyton, eu sou o Liam e adoraria assistir futebol com você.

Capítulo 8
Josie

Nick me puxa para fora da igreja em direção ao estacionamento. Eu sabia que ele estava zangado quando vi seu rosto vindo pelo corredor, mas eu não sabia que Liam ia aparecer aqui. Nick nos conduz para trás da igreja e me gira de forma que eu fique com as costas apoiadas na parede.

— Quanto tempo, Josephine? — Deus, eu odeio quando as pessoas usam meu nome completo. É como se eu estivesse com problemas, apesar de ser adulta.

— Ele apareceu ontem à noite.

— Você não queria me contar? — Eu realmente pensava que Nick e eu estávamos acima disso, que tínhamos um relacionamento mais forte.

— Nick, eu não estou escondendo nada de você. Ele apareceu ontem à noite, nós discutimos e ele saiu. Eu não sabia que ele iria estar aqui hoje e, honestamente, estou mais focada na Katelyn. O dia de hoje não é sobre o Liam; é sobre a Katelyn e as meninas.

— Como ele conhece o Noah?

Respiro fundo.

— Não sei — respondo com sinceridade. Tenho as minhas suspeitas, mas eu não ia perguntar a Liam e definitivamente não ia mencionar esse assunto com Noah.

Nick começa a andar de um lado para o outro, puxando o cabelo loiro. Ele fala sozinho, parece que está tendo uma briga com uma pessoa imaginária.

— Diga ao Liam que queremos encontrar com ele mais tarde.

— Por quê? — pergunto, curiosamente. Nick para na minha frente e agarra meus braços, me prendendo na parede. Eu nunca o vi assim antes. Este é um lado dele que não gosto.

— Porque eu vou falar com o meu advogado para elaborar os documentos de adoção e ele poder abrir mão dos direitos parentais.

Não posso acreditar nos meus ouvidos. Eu sei que ele quer adotar

Noah, mas nós nunca discutimos isso. Nem sei se é algo que eu quero que ele faça. Noah é meu, ele não precisa ter o sobrenome do Nick. Mesmo se estivermos casados, as coisas podem ficar iguais entre eles.

— Hum...

— Oi, pessoal, o Noah está procurando vocês. — Olho e encontro Jenna a alguns passos de distância. Nick se afasta, soltando meus braços. Tento não me encolher quando o sangue volta a fluir. Eu sorrio para Jenna para que ela saiba que está tudo bem.

— Obrigada, Jenna. — Ela sorri e vai embora, deixando-nos para resolver esta merda.

— Nick, Liam estar aqui não significa nada. — Eu o puxo nos meus braços. Ele cede e me beija suavemente nos lábios.

— Me desculpa, amor. Não sei o que deu em mim. Vê-lo aqui e piscando para o Noah, eu só... meu sangue começou a ferver. Ele pode ser o pai biológico desse garoto, mas esta é a minha família. Quanto mais cedo ele for embora, melhor.

— Eu concordo, mas não vamos dar uma razão para ele ficar, tá? — Nick acena positivamente e me leva de volta para a multidão de pessoas reunidas. Encontramos Noah e vamos para o nosso carro para seguir o carro fúnebre e a família. Os carregadores precisam estar em fila para estarem lá também, de guarda, como meu pai diria.

O cortejo fúnebre segue pela cidade, pelo colégio que se tornou um santuário para Mason. O jogo desta semana foi adiado. É a primeira vez na história do Beaumont High que a equipe não vai entrar em campo. Mason tocou tantas pessoas, que essa perda será sentida ainda por anos.

Quando chegamos ao cemitério, algumas pessoas já se reuniram. Tento não procurar por Liam quando saio do carro, mas meus olhos vagueiam. Avisto-o facilmente. Ele é o cara com as mulheres solteiras e outras nem tão solteiras ao redor.

— Dá um tempo — Nick resmunga quando saímos do carro.

— Também não dá para ele mudar quem ele é, Nick. Você não o vê dando autógrafos nem nada. Ele está com os outros rapazes.

— Está defendendo ele?

Balanço a cabeça e seguro a mão de Noah. Vamos até a sepultura do

Mason e encontramos um lugar para ficarmos.

— Suas flores estão lindas, Josie. — Uma vizinha da Katelyn vem até mim. Não me lembro do nome dela, mas deveria. Eu deveria conhecer todo mundo na cidade. Agradeço e ela promete passar na loja.

— Mãe, por que todas aquelas mulheres estão falando com seu antigo namorado? — Olho para Noah e me pergunto quando ele descobriu. Quero perguntar onde ele conheceu o Liam, mas isso precisará esperar. Não posso deixar de olhar para o Liam. Ele me olha e nossos olhos se encontram. Dou um sorriso suave e ele encolhe os ombros.

— Ele é músico. Acho que elas querem um autógrafo dele.

— Nossa, que bobeira. Se eu fosse famoso e meu amigo morresse, eu não ia querer dar autógrafos.

— Aposto que Liam está pensando a mesma coisa, querido.

No caminho para a casa da Katelyn, onde faremos a celebração da vida do Mason, fico perplexa que ela tenha desejado fazer na casa deles. Nick e eu oferecemos a nossa, mas ela foi inflexível, dizendo que Mason teria preferido a festa na casa dele.

Uma festa?

Não estou com vontade de ir a uma festa. Tenho vontade de me curvar na minha poltrona grande, me enrolar em um cobertor e assistir a filmes caseiros antigos. Nick me pegou fazendo isso algumas vezes desde que Mason nos deixou; e cada vez o olhar dele era o mesmo. Eu sabia que ele não estava feliz por eu estar assistindo, que ele provavelmente estava questionando a minha devoção a ele; não eram as nossas memórias, mas as minhas e do Liam.

Já estamos no meio da "festa", como Mason teria chamado, quando Liam entra. Estou tentando não julgar, mas ele tem um harém de garotas que o segue. Não sei dizer se ele gosta disso ou não. Eu costumava saber o que cada uma das suas expressões faciais significava, mas já faz muito tempo.

Peyton corre até Liam e puxa o paletó dele. Ele sorri e se abaixa para ficar na altura dela. Ele puxa uma das marias-chiquinhas e ela solta sua risada mais incrível.

— Elas são suas namoradas?

Não consigo evitar a risada e me aproximo mais para poder ouvir a resposta. Metade de mim gostaria de saber mais sobre ele, mas a outra metade, a metade lógica, não quer, e mal posso esperar que ele se vá.

Liam olha para aquelas mulheres e faz uma careta.

— Não, eu não as conheço. São amigas suas?

Peyton faz que não. Liam se abaixa e sussurra algo que a faz rir de novo.

— Desculpa, vocês conhecem meu pai?

Uma das mulheres joga a cabeça para trás e dá risada dessa pergunta em particular como se fosse a mais engraçada que ela já ouviu na vida.

— Não, não conhecemos, mas gostaríamos. — Ela se vira e olha para as amigas e todas elas riem. Elas não percebem onde estão?

Peyton avança, com as mãos nos quadris. Antes que ela tenha chance de dizer alguma coisa, Katelyn aparece do nada.

— Desculpe, acho que não nos conhecemos. Como vocês conheceram o Mason?

— Oh, a gente não conhece. Soubemos que Liam Page ia estar nesta festa e, para a nossa sorte, ele estava saindo do carro bem na hora que chegamos.

A cara de Liam é de tanto constrangimento que eu tenho pena dele. Ele está segurando a mão da Peyton, nem mesmo olhando para as mulheres atrás dele.

— Infelizmente, este não é seu dia de sorte. Liam Page não está aqui e não vive em Beaumont, então vocês podem tentar pegá-lo em turnê ou algo assim.

As três começam a rir, uma delas apontando.

— Aquele ali é Liam Page. Juro pela minha vida.

Katelyn olha para Liam, que está cheio de remorso. Estou simplesmente maravilhada com sua capacidade de permanecer calmo e indiferente. Nick me beija na bochecha e vai na direção de Liam.

— Westbury, quer jogar a bola?

Liam olha para Nick e acena com a cabeça. Quando ele me vê em pé perto da parede observando essa interação, sua expressão é ilegível.

— Bem, vocês já viram que o nome dele é Westbury. Agora podem sair. — Avanço e ajudo Katelyn a expulsar as mulheres da casa.

— Eu sinto muito, Katelyn. — Nunca tive de pedir desculpas pelo Liam antes. Não sei por que estou fazendo isso agora.

Katelyn acena como se não fosse nada de mais.

— Era só uma questão de tempo até alguém falar que ele estava na cidade. As coisas podem ficar tensas, mas hoje não. Mason iria querer que ele estivesse aqui.

Não sei se ela está me criticando ou não. Talvez eu devesse ter ligado para todo mundo ontem à noite e contado que ele estava de volta, mas não sabia se ele estaria aqui hoje. Droga, eu nem sabia se ele sabia sobre o Mason. Acho que eu poderia ter contado, mas estava mais preocupada em salvar meu filho da dor iminente.

Uma bola voando pela janela chama minha atenção. Vou até lá fora e meu coração para, pois, em um espaço, está o homem que eu amei um dia, o homem com quem vou me casar, e o que une todos nós, e eles estão jogando futebol americano.

Heidi McLaughlin

Capítulo 9

Liam

Parece que ultimamente estou cometendo erros aonde quer que eu vá. Parar na floricultura foi o erro de hoje. Eu devia ter pensado duas vezes. Deveria ter ido direto para a casa da Katelyn, mas não queria aparecer de mãos vazias.

E agora estou nesta situação embaraçosa no quintal com Nick Ashford e meu filho. Um filho que não sabe que eu sou seu pai. Droga, Josie ainda nem confirmou que ele é meu, mas posso ver quando olho para ele: o menino é o melhor de mim e da Josie, independentemente de como ele tenha acabado aqui ou como as nossas vidas tomaram caminhos diferentes.

E quem diria que Nick viria me salvar? Ele deve saber que quero quebrar a cara dele por tocar na minha garota, mas, a julgar pela forma como ela o olha, ela deve estar de acordo.

— O que aconteceu lá?

Eu falei que ia sair para jogar bola, mas nunca concordei em bater papo. Eu poderia ignorá-lo, fingir que estávamos de volta no colegial e que esse aluno novo estava tentando se encaixar entre o resto de nós. Tínhamos nosso grupo e era uma panelinha.

Mas eu não faço isso. Hoje não.

— Achei que ia poder ir à loja, pegar alguma coisa na confeitaria, comprar umas flores e o vinho favorito da Katelyn, da época que estávamos na escola. Assim que cheguei ao caixa, comecei a me dar conta do meu erro. Sem disfarce. Sem óculos falsos ou boné enterrado no rosto. A mocinha do caixa me deu uma olhada e percebeu. Antes mesmo de chegar a minha vez, ela já tinha mandado mensagem e eu sabia que estava ferrado. '*Sinto muito pelo seu amigo*', foi tudo que ela disse quando passou meus produtos lentamente demais. Quando estacionei lá em frente, tinha umas garotas atrás de mim, me seguindo. — Jogo a bola de volta para o Nick, que só balança a cabeça. — Esta era a última coisa que eu queria para a Katelyn, ainda mais hoje.

— Acontece muito?

Tiro o paletó e desabotoo a camisa para não destruí-la. Os olhos de Noah encaram as tatuagens nos meus braços, e eu me pergunto se vou ter a oportunidade de me sentar com ele e ter uma conversa. Falar sobre mim e talvez criar uma relação com ele.

— Não saio muito, quando estou em casa. Acontece em turnês, mas não fico em um lugar por tempo suficiente para o que realmente importa.

Eu consigo sentir as pessoas olhando para mim; já estou acostumado com isso, mas aqui pareceu estranho. Quando olho para o pátio, Josie está lá. Um metro e setenta e cinco dela, com mais alguns centímetros por causa dos saltos. Ela se manteve bonita depois do colegial, suas pernas parecem torneadas e a barriga é tão reta quanto me lembro. Nick chama minha atenção pigarreando e eu não posso deixar de rir. Eu faria a mesma coisa se alguém estivesse babando pela minha namorada, mas ele esquece que eu a tive antes.

— Quer ir vestir uma minissaia e torcer pela gente, Josie? — O rosto dela demonstra decepção e eu sei que ela não gostou da minha piadinha. Tento rir para tirar o foco, mas ela não morde a isca. Ela olha para Nick, que está furioso comigo e balança a cabeça. Eu a vejo caminhar para dentro da casa, a bunda parecendo durinha como sempre. Balanço a cabeça para clarear as lembranças que estão prestes a rastejar para dentro da minha mente.

— Sr. Westbury, você ainda joga futebol americano? — Desvio os olhos do traseiro da minha ex-namorada, em retirada, para olhar para o meu filho. Quero tocá-lo, passar as mãos pelo seu cabelo e fazer cada pergunta conhecida pelo homem, mas não faço isso. Eu preciso falar com a Josie para conseguirmos resolver essa merda. Se ela acha que vou esquecer que ele existe, é melhor pensar duas vezes.

— Não, eu não tenho muito tempo. E você, joga?

Ele confirma, balançando a cabeça furiosamente, e aponta para o Nick.

— Meu pai, Nick, é técnico da minha equipe. — Eu estava bem relaxado por ele namorar a Josie, porque eu desisti dela. Não tenho muito a dizer, mas meu filho chamá-lo de pai? Isso eu não vou aceitar. Ninguém me disse que eu tinha um filho. Se soubesse, teria voltado.

— É mesmo? — pergunto, contendo a raiva que está fervendo. Eu sei que não posso culpar o garoto por chamar Nick de "pai", a culpa é minha, mas a Josie não deveria permitir isso. Ela sabe que eu estaria aqui se soubesse dele. Falávamos sobre filhos o tempo todo, nós dois queríamos, então eu não a teria abandonado sem assumir o filho.

Mesmo se eu fizesse o impensável e a tivesse deixado, não seria por não a amar. Deixá-la também partiu meu coração.

Noah balança a cabeça para cima e para baixo e parece muito animado para me falar sobre o Nick, mesmo se eu não quiser ouvir.

— Eu jogo de quarterback. Essa era a sua posição e seu recorde ainda continua invicto desde quando você estava no ensino médio. Ninguém está nem perto de quebrá-lo, pelo menos foi o que disse o tio Mason.

Eu me agacho e olho para Noah, sorrindo. Sorrio diante da ideia de Noah chamar Mason de tio. O jogador em mim está animado por ele adorar o esporte. Eu amava o futebol americano quando tinha a idade dele e queria jogar o tempo todo. O adulto em mim espera que Josie o coloque em outras atividades porque há muito mais na vida do que o futebol.

— Você sabe fazer o lançamento com três passadas ou com cinco? — pergunto, curioso sobre quanto Nick lhe ensinou.

— Sei fazer os dois, quer ver? — ele pergunta ansiosamente. Seguro a bola para ele pegar, observando-o agarrá-la na costura como se tivesse nascido um quarterback.

— Aí vai, Nick — ele grita e sou atingido pelo fato de que ele não o chamou de pai. Observo as duas rotinas e noto que ele nasceu para isso, que é muito melhor do que eu era na sua idade. Só posso esperar que Josie deixe-o tomar a melhor decisão para a vida dele, diferente do meu pai. Eu odiaria que ele se ressentisse dela e não tivesse um relacionamento com seus pais por causa de uma decisão que altere sua vida.

Quando penso nos meus pais... eu me pergunto se eles sabem sobre o Noah. Será que são parte da vida dele? Será que viram meu filho crescer sem mim?

— Uau, você é muito melhor do que eu era na sua idade.

Noah sorri e, quando faz isso, é a cara da Josie.

— Obrigado. Minha mãe diz que tenho talento e que está no meu sangue.

— Sim, acho que sua mãe está certa.

Nick sai, deixando Noah e eu conversando. Pergunto se ele quer se sentar e talvez almoçar, e ele concorda. Estamos lado a lado e eu vejo o que ele coloca em seu prato. Ele faz uma pilha alta de vegetais, biscoitos, queijo e algum tipo de massa. Sirvo as mesmas coisas para mim no meu prato, pois também são minhas comidas favoritas.

Há cadeiras montadas do lado de fora, mesmo que esteja um dia frio; o sol prova ter calor apenas suficiente para que possamos nos sentar do lado de fora e relaxar.

— Então, como é ser famoso, Sr. Westbury? — Eu fico rígido quando ele me chama de "senhor". Na verdade, eu odeio. E odeio que ele pergunte sobre ser famoso, porque eu nunca quis ser famoso. Eu só queria fazer música. Eu queria tentar algo diferente só para ver se eu poderia ter sucesso.

— Pode me chamar de Liam — respondo. — E ser famoso não é nada de mais. Eu trabalho duro e, às vezes, fico longe de onde vivo por muito tempo.

— Meu amigo Johnny diz que rock stars têm, *tipo*, umas vinte namoradas e você veio com três garotas. Eles são suas namoradas? — Se não soubesse que a resposta não era essa, acharia que sua mãe é que tinha posto essas coisas na cabeça dele.

— Não, eu não tenho namorada nem esposa. Eu tenho um gato, mas ele não gosta muito de mim.

Noah começa a rir, as pernas balançando na cadeira. Quero colocar a mão nos joelhos dele, como eu costumava fazer com a Josie. Embora ela seja tão alta, ela só fazia isso na traseira da minha caminhonete.

— Seu gato não gosta de você? Por quê?

Dou de ombros.

— Não sei. Mas ele é muito malvado, e estou pensando em mandar ele arrumar as malas de gatinho e ir embora da minha casa.

— Onde ele está agora?

— Em Los Angeles, onde eu moro. Tenho uma empregada que vai alimentá-lo enquanto estou fora.

— Onde ele dorme?

Pergunta estranha vinda de um menino.

— Ele tem um daqueles palácios de gato. Talvez seja por isso que ele me odeia, porque é um palácio e não um carro de corrida ou algo assim.

Ouvir a risada de Noah rapidamente tornou-se música para os meus ouvidos. Quero gravá-la e ouvir várias vezes enquanto componho. Olhar para ele me inspira a escrever sobre ele, a capturá-lo em música.

— E você? Tem namorada, esposa ou um gato que te odeia?

— Não, não tenho nenhum desses. Minha mãe diz que talvez, depois que ela e o Nick se casarem, a gente possa ter um cachorro.

Casarem? Engulo de volta uma série de insultos que querem voar da minha boca quando ele fala sobre Nick e Josie. Eu sei que não posso dizer nada. Desisti dela, mas não vou mentir e dizer que não dói vê-la com outra pessoa. Não sei o que eu esperava, talvez que ela estivesse tão infeliz e perdida quanto eu.

Heidi McLaughlin

Capítulo 10
Jasie

Nunca pensei que veria este dia. Tive muitos sonhos com o dia em que Noah encontraria Liam, mas nunca desse jeito. Eu tinha me resignado a pensar que Noah procuraria por Liam quando fizesse dezoito anos. Eles poderiam brigar ou criar vínculos, ou seja lá o que pais e filhos fazem quando se veem pela primeira vez. A única coisa que eu não queria era que Noah odiasse Liam por não ter estado por perto. Eu poderia ter me esforçado mais para contar, mas não fiz isso. Fui egoísta e queria ouvir a voz dele. Queria que ele ouvisse a minha voz e voltasse para casa. Eu estava com raiva e levei muito tempo para superar esse sentimento.

Agora, ao vê-los lá fora, compenetrados, conversando, eu quero envolvê-los em uma bolha apertada para que nunca mais fiquem longe um do outro. Eu sei que não é justo para Liam — ele tem uma vida longe daqui que é vastamente diferente. Ele está mudado, porém, ainda se parece muito com o mesmo menino por quem me apaixonei há tantos anos.

O menino que nunca deixei de amar.

Olhando para Noah e Liam lado a lado, não se pode negar que sejam filho e pai.

Liam mantém contato visual com Noah cada vez que eles falam. Eu sei que Nick está louco da vida por Liam estar aqui e, sinceramente, eu também, mas o que posso fazer? Noah sabe quem Liam é por morar em Beaumont. Ele só não sabe quem ele é em sua vida e acho que quero deixar assim, pelo menos por enquanto. Liam irá embora logo e todos nós voltaremos ao normal.

— No que você está pensando? — Katelyn apoia a cabeça da dobra do meu cotovelo. Sua estrutura pequena, de quase um metro e sessenta que nem bem chega ao meu ombro, me permite passar o braço ao redor dela, puxando-a mais perto.

— Não tenho certeza — eu digo. — Há emoções demais fluindo pelo meu corpo.

— Eles são iguaizinhos — ela diz, mantendo a voz baixa e longe de olhares indiscretos dos convidados. — O que você vai fazer?

Eu balanço minha cabeça porque realmente não sei. Não tenho ideia do que devo fazer. Meu cérebro está me dizendo para ignorar e que Liam vai embora novamente, mas meu coração me diz para ir lá e exigir que ele seja parte da vida do Noah. É o mínimo que ele pode fazer, já que esteve ausente nos últimos dez anos.

— Ele vai embora logo. Talvez eu só deixe que ele tome a iniciativa.

— Não rápido demais, querida. Ele vai assistir futebol americano com a Peyton no domingo. Muita coisa pode acontecer em três dias. — Katelyn me beija na bochecha e me deixa para ficar observando pela janela dois dos três garotos que são donos do meu coração.

O caminho da casa da Katelyn para a minha é silencioso. Nick segurou minha mão, e Noah adormeceu antes de termos nos afastado da casa dela. Ele passou o resto do dia conversando com Liam sobre estatísticas de jogo e posição perfeita em campo, enquanto Nick observava de longe. Eu sei que houve algumas observações sarcásticas feitas para o Nick, mas ele ignorou.

— No que você está pensando? — Nick pergunta quando deita na cama. Ele se ergue no cotovelo, claramente pronto para discutir tudo o que aconteceu hoje. Eu só quero ir para a cama.

— Você sabe que a Katelyn me perguntou a mesma coisa mais cedo? Ela estava mais preocupada comigo, quando eu deveria estar tomando conta dela.

— Ela sabe que você a ama. — Ele coloca a mão na minha cintura, puxando meu pijama de seda em seu punho. — Hoje foi...

— Difícil, triste, inesperado, estranho. Eu poderia continuar falando, mas nada realmente resume o que foi o dia de hoje. Uma bagunça, talvez? — Chego mais perto de Nick e ele coloca o braço em volta de mim, me puxando para mais perto. Seus lábios trilham um caminho pelo meu pescoço até chegar aos meus lábios, me beijando suavemente.

— Temos que conversar sobre Liam e Noah. Eu sei que não sou o pai do Noah, mas quero ser, você sabe disso. A forma como agi hoje foi errada, muito errada, ao descontar em você por causa do Liam, e sinto muito por isso.

— Eu sei que você sente. — Passo os dedos pelo cabelo dele. — Acho que Liam não vai querer fazer parte da vida do Noah agora, mas talvez mais tarde. Talvez a gente devesse simplesmente deixar isso assim; ele vai embora logo.

Nick coloca meu cabelo atrás da orelha, segura meu queixo e me puxa para mais perto.

— Eu te amo, Josie — ele diz antes de me beijar. Seu beijo é suave, sem pressa, como se ele estivesse tentando me memorizar. Quase como se estivesse desesperado.

Eu o amo, eu sei. Mas, ao ver Liam com Noah, não pude deixar de pensar sobre o que o futuro reserva e como o Nick e eu podemos nos encaixar juntos.

— Ei, Josie! — Katelyn e eu viramos para ver Liam Westbury andando em nossa direção. Katelyn é uma traidora e me deixa sozinha. Ela está rindo enquanto se afasta. Minhas mãos estão suando e minhas pernas parecem gelatina.

Este ano eu finalmente o notei. Ele cresceu tanto durante o verão que não prestei atenção antes quando estávamos na casa da Katelyn. Então, ele foi para o acampamento de futebol durante um mês e voltou totalmente lindo.

Eu morro de vontade de que ele tire a camisa apenas uma vez para eu ter uma visão clara de seu abdome definido, porque minha imaginação não está dando conta.

— Oi — ele diz. Ele está segurando seu capacete de futebol americano com uma das mãos. A outra está puxando a gola da camisa do uniforme, uma que eu quero arrancar dele.

— Oi — eu respondo estupidamente.

— Como foi o resto do seu verão?

— Foi bom. Eu li um monte. — Eu li um monte? Ai, meu Deus, ele vai pensar que sou uma nerd. Droga, qual é o meu problema? O chão de repente se tornou muito interessante. Não tiro os olhos do meu sapato, que está empurrando uma pedrinha para lá e para cá.

Minha pele se arrepia toda quando ele levanta meu queixo, olhos azul-céu e tudo mais, e só consigo pensar em pular nos seus braços e enfiar minha língua na boca dele. Tenho apenas quinze anos, mas já vi filmes. Tenho certeza de que posso descobrir como é.

— Quer ir ao baile comigo?

— Baile? — Minha mente mal consegue compreender o que ele está pedindo, mas eu juro por Deus que ele disse baile. Baile daqueles que a gente vai toda chique e dança. Isso significa que ele quer dançar comigo, me abraçar e mexer o corpo no ritmo de canções românticas piegas. As mesmas canções românticas que eu toco à noite quando escrevo Josephine Westbury no meu caderno.

— É. Eu tenho carteira de motorista agora, então, posso dirigir e pensei

— Sim! — Ele pula e começa a rir. — Desculpa — digo, cobrindo meu rosto com as mãos.

Ele afasta minhas mãos, mas não as solta. Quando ele se inclina para a frente, sinto como se eu fosse desmaiar. Ele tem cheiro de Old Spice, meu novo cheiro favorito.

— Por favor, não cubra o rosto. Você é muito linda para se esconder. — Ele me beija na bochecha antes de caminhar em direção ao campo. — Eu te ligo hoje à noite. — Ele se vira e grita antes de começar a correr.

Acordo suando frio, com lágrimas escorrendo pelo meu rosto. Nick está roncando de leve ao meu lado. Seu braço me prende na cama. Vou me mexendo para me desvencilhar dele e sigo para o banheiro.

Com a luz apagada, eu me sento na borda da banheira e choro em uma toalha, abafando meu pranto. Nunca pensei que veria o garoto que roubou meu coração e depois não o devolveu.

E não sei se quero que ele o devolva.

Capítulo 11

Liam

Quando saio da casa da Katelyn, decido parar na loja. Desta vez, não me interessa quem me vê, porque, se alguma tonta em um vestidinho apertado quiser me seguir, ela que siga. Droga, ela pode trazer até as amigas, contanto que tragam álcool. Pego uma caixa de cerveja, batatas fritas e alguns doces e coloco tudo com cuidado no caixa. Há uma mulher mais velha trabalhando agora, então acho que estou a salvo. Duvido muito que ela ouça a minha música ou sequer saiba quem eu sou.

Prendo a respiração, esperando que ela não peça minha carteira de motorista. Eu faço muito pouco contato visual com ela e ofereço alguns sorrisos estrategicamente cronometrados à medida que ela passa a minha compra.

— Sua mãe sabe que você está de volta na cidade?

Observo a caixa atentamente para ver se consigo me lembrar dela. Seu crachá diz "Shirley" e eu reviro meu cérebro. Não me lembro dela, mas não significa que não possa entrar no jogo.

— Não, senhora — respondo, tentando ser tão educado quanto possível. Ela olha as tatuagens nos meus braços, provavelmente atrás da que diz MÃE. Infelizmente, ela não vai encontrar uma dessas no meu corpo.

— Não, acho que ela não sabe. Parece que, desde que surgiu a notícia de que você estava na cidade, as meninas por aqui parecem estar em polvorosa.

— Não quero perturbar os ânimos. Só vim dar minhas condolências.

— Uma pena o que aconteceu com o Mason. Sem dúvida, eu espero que Katelyn possa cuidar daquelas bebês.

Balanço a cabeça afirmativamente e começo a desejar que ela pudesse ser mais rápida. Realmente não quero conversar. Eu quero afogar minhas tristezas e prestar uma homenagem ao meu amigo.

— Katelyn vai ficar bem. — Eu vou me certificar disso.

— Sim, acho que, com todo o seu dinheiro chique da música, você pode se prontificar e cuidar dela.

Respiro fundo e giro o pescoço. Não vou perder minha paciência. Quando ela finalmente me diz o valor da compra, entrego uma nota de vinte e digo para ficar com o troco. Agora ela tem uma bela gorjeta do meu dinheiro chique da música.

— Quando vir minha mãe, diga que eu mandei lembranças. — Pego minhas compras e saio, deixando-a boquiaberta. Droga de fofoca de cidade pequena. Depois de hoje, todo mundo vai saber que estou aqui e não posso ir embora por mais alguns dias. Eu fiz uma promessa a Peyton e pretendo mantê-la.

O caminho é familiar e, quando paro no campo, solto um suspiro de alívio por não ter ninguém aqui. Subo a escada, minha cerveja e meu lanche na sacola plástica. Chego ao topo, na grade, e olho sobre o campo. Nunca apreciei a vista... quando eu passava todas as noites de sexta aqui. A vista no estacionamento era o que prendia minha atenção. Josie e suas pernas longas, sempre nuas porque vínhamos logo depois do jogo. Eu me trocava, mas ela sempre continuava com a roupa de líder de torcida. Ela sabia o quanto eu gostava.

Sento no meu lugar de costume. Meu dedo traça o coração com as iniciais minha e da Josie. Fui eu que gravei ali depois do baile no nosso segundo ano de ensino médio. Naquela noite, eu soube que queria essa garota na minha vida para sempre e não estava com medo de falar para ela.

Até eu deixá-la, quando deveria ter feito as malas para ela e a levado na minha caminhonete.

Eu me pergunto se Josie teria gostado de Los Angeles.

Eu viro a primeira e depois a segunda cerveja. Se eu tivesse a minha caminhonete, jogaria as garrafas na caçamba só para ouvi-las quebrar, para conseguir algum tipo de alívio desta dor crescente.

Quando uma caminhonete entra e dá marcha à ré, eu sei que meu tempo acabou. Fecho os olhos e espero o riso aparecer. Mason e eu fazíamos tanto barulho que as meninas sempre mandavam a gente calar a boca. Não vejo quem saiu da caminhonete, mas posso ouvir alguém subindo a escada.

Maravilha.

— O que você está fazendo aqui? — Olho para cima e vejo Katelyn caminhando em minha direção. Eu me levanto e ofereço minha mão até ela se sentar no que teria sido o lugar do Mason, à minha esquerda.

— Eu deveria fazer a mesma pergunta. Por que você não está em casa com aquelas meninas lindas?

— Elas estão com o pai do Mason esta noite. Ele queria ficar com elas e eu não pude dizer não. Ele perdeu muito no último ano.

Olho para ela interrogativamente, e ela sorri com tristeza.

— A Sra. Powell morreu no ano passado.

E a faca simplesmente continua torcendo.

— Sinto muito. — É a única coisa que digo, porque não tenho mais nada a dizer. Não há desculpa para o que eu fiz.

— Onde você esteve, Liam?

Bem, agora essa é a pergunta de um milhão de dólares, porque, se você assiste à TV ou lê as revistas na fila do supermercado local, todo mundo sabe onde eu estive.

— Você tem que ser um pouco mais específica do que isso — respondo, jogando minha primeira garrafa vazia na caçamba da caminhonete. Katelyn põe a mão na minha sacola, pega uma cerveja e abre a tampa.

— O que aconteceu com você? Porque, quando você partiu para o Texas, estava tudo bem e então você apareceu uma noite e não estava mais?

Jogo a segunda na caminhonete. A terceira segue, e eu abro a quarta e viro inteira para jogar também.

— Fui para a faculdade e odiei. Odiei o treino, o time, tudo. Certa noite, fui a uma festa no campus e lá tinha um microfone. Tentei cantar e gostei e... não sei.

— Você contou para a Josie?

— Não, nosso encontro não foi tão bom na outra noite. Eu estava chateado e a confrontei um pouco.

Ficamos sentados em silêncio, bebendo e jogando nossas garrafas na caminhonete. Os lançamentos da Katelyn vão ficando mais e mais fortes à medida que ela bebe, e imagino que ela está extravasando algum tipo de raiva.

— Pela primeira vez em doze anos, não tenho Mason ao meu lado.

Eu sei que ela está triste e eu poderia abraçá-la e deixá-la chorar ou compartilhar seu sofrimento.

— Eu tenho um filho.

Aparentemente, era a coisa errada a dizer, porque, se um olhar matasse, eu estaria morto agora.

— A Josie sabe?

Não posso deixar de rir. Nego com a cabeça.

— Espero que sim, a menos que o Noah não seja dela. Então estou ferrado porque aquele garoto é definitivamente meu e definitivamente dela.

— Você é um idiota — ela diz, empurrando meu ombro. Caio para trás para ela pensar que é forte. — Nenhum outro filho, hein? Quantas esposas e namoradas você tem?

Atiro minha garrafa na caminhonete e sorrio quando se espatifa. Eu vou ter que ir limpar a caminhonete dela amanhã.

— Nenhum outro filho, nenhuma esposa e nenhuma namorada.

— Agora?

Lanço um olhar fulminante para ela.

— Não. Nunca. Não desde a Josie.

— Já vi esses tabloides com sua foto neles e você está sempre com alguma loira pendurada o tempo todo.

Eu me inclino na torre e beberico minha próxima cerveja. Katelyn está me acompanhando, e logo estaremos sem. Isso meio que me irrita. Eu deveria ter comprado duas caixas.

— Aquela é a Sam, minha empresária. Ela quer ser minha namorada e me diz que eu tenho uma dívida com ela, pois está comigo desde que comecei. Eu não sei. Ultimamente tenho pensado em demiti-la.

Katelyn não diz nada; ela só fica olhando para a escuridão. De vez em quando, vejo que ela enxuga os olhos. Eu quero ajudá-la, mas não sei como.

Eu poderia passar meus braços em volta dela, puxá-la em um abraço, mas isso pode ser embaraçoso para ela, então opto para esfregar suas costas.

— Eu nunca vou me perdoar. Eu deveria ter ligado ou pelo menos voltado. Eu poderia ter mantido contato, mas ir embora daqui e deixar tudo para trás... eu precisava começar do zero. Eu tinha que tentar, fazer um nome para mim e, quando eu fiz, as pessoas só ficavam empurrando e puxando, e a próxima coisa que vi era que estava no meu quarto de hotel lendo o jornal. Eu ficava dizendo para mim mesmo nem fodendo que ele morreu, porque eu não consegui me despedir.

— Ele se foi, e nunca tive a oportunidade de dizer o quanto lamento por ter sido um idiota tão grande e por ter ido embora. Mason não fez porra nenhuma para mim e eu o deixei porque sou um covarde e não consegui encarar a merda que estava acontecendo na minha vida. Deus, eu sinto demais por você tê-lo perdido.

Katelyn inclina-se e enterra o rosto no meu peito. Ela começa a chorar, então passo meus braços ao seu redor e a deixo chorar. Seco as lágrimas que provoquei e tento ser forte por ela. Quanto mais ela chora, mais eu choro. Talvez chorar seja terapêutico, talvez seu corpo precise expelir a energia armazenada. Talvez, só precisemos chorar pelo Mason.

Ficamos assim, nos abraçando, até o sol começar a despontar no céu. Seu rosto está vermelho e marcado pela maquiagem borrada. Há linhas vincadas no seu rosto da minha jaqueta, mas não me importo. Eu continuo com ela nos braços até que ela esteja pronta para dizer adeus.

Capítulo 12

Josie

Pela primeira vez, estou fechando a floricultura sem motivo. Minha falta de sono é evidenciada pelas bolsas escuras debaixo dos meus olhos. Nick sentiu minha testa, sempre no papel de médico, antes de sair para o trabalho e sugerir que eu tirasse um dia para mim. Optei por dar outro dia de folga também para Jenna. Ninguém precisa de flores hoje, de qualquer forma, e, se precisarem, vão entender por que a loja está fechada e voltarão amanhã.

Noah está comendo ruidosamente seu cereal matinal, os olhos grudados na edição recente da *Sports Illustrated*. Ontem, eu o observei com Liam com alguma reserva, mas ainda lhes permiti conhecer um ao outro. Hoje, decidi que era o suficiente. Não posso deixar que meu filho se machuque quando Liam fugir da cidade de novo. Ele não está planejando ficar, quer ele tenha me dito isso ou não. Eu simplesmente sei. Sinto no meu coração. Ele tem uma vida longe de Beaumont, que não inclui o Noah e provavelmente nunca incluirá.

Eu me sirvo de uma xícara de café e me sento em frente ao Noah. Ele não olha para cima, completamente fascinado com algum artigo que está lendo. Com certeza é sobre futebol americano. Tentei desencorajá-lo, sugeri que ele jogasse futebol, mas ele não quer me ouvir. O esporte que ele escolheu é tão natural para ele que me assusta. Vejo muito de Liam nele, e não quero isso.

— Você sabia que Liam Westbury foi capa da *Sports Illustrated* quando estava no ensino médio?

Cuspi meu café, babando o líquido quente pelo meu queixo. Como ele sabe disso? Nick e eu, bem como Mason e Katelyn, nunca discutimos Liam com Noah. Nem me lembro de sequer uma vez o sobrenome do Liam vir à tona. Sempre desviamos os assuntos desse nome. Eu secretamente desaprovo os professores na escola sempre elogiando Liam por tudo que ele fez por Beaumont e pelo futebol americano.

— *Advinha só!*

Liam envolve os braços ao meu redor por trás, acariciando meu pescoço.

— O quê? — pergunto ao colocar meus livros na prateleira do meu armário. Olho de relance para nossa foto do baile do penúltimo ano do colégio: Liam de smoking preto e eu de vestido na altura dos joelhos.

— Alguém vai sair na capa da Sports Illustrated.

Eu me viro e passo os braços ao redor dele. Eu sei que ele queria isso desde o ano passado, quando estava próximo de bater o recorde estadual de jardas percorridas, e ele está perto de novo este ano.

— Estou muito orgulhosa de você.

— Não teria conseguido isso sem a minha garota — ele diz antes de me beijar em cheio nos lábios, algo que não podia acontecer no corredor.

— A gente deveria comemorar.

— O que você está pensando? — ele pergunta sugestivamente.

Encolho os ombros, passando os dedos em sua cabeça recentemente raspada. Seus olhos se fecham enquanto eu massageio seu couro cabeludo. Ele adora quando faço isso.

— Seus pais estão em casa? — ele pergunta, e, quando nego, balançando a cabeça, ele puxa uma das minhas mãos na sua e nos leva para fora da escola.

— Como você sabe? — pergunto, quase incapaz de dizer as palavras sem engasgar.

— Eu vi a capa no museu no passeio que fizemos.

— Foi lá que você conheceu o Liam outro dia? — Minha curiosidade é despertada. Quando Liam apareceu na loja, eu não tinha ideia de como ele tinha descoberto sobre o Noah.

Noah confirma.

— Eu fiquei chateado por uma coisa que eles tinham sobre o Mason e ele estava no banheiro. Nós conversamos e eu disse que ele era o cara que eu vi beijando você no vídeo. Ele era seu namorado?

Respondo ou desvio? Ou apenas revelo tudo e digo que Liam é o pai dele e que nos largou quando eu estava grávida, mesmo que eu nunca tenha dito para ele. É, isso não vai funcionar.

— Não quero mais que você converse com Liam Westbury.

— Por que não? — Noah pergunta na lata.

— Porque... porque não, só isso. — Eu me levanto, volto para a cozinha e jogo meu café fora. Já não está muito gostoso e não está cumprindo seu papel. Eu só quero deitar na cama e esquecer que essa conversa algum dia começou.

Noah fecha a revista com tudo sobre a mesa, derramando o resto do seu cereal. Ele fica ali sentado, pensando, sem mover uma palha para limpar a sujeira.

— Você vai limpar isso? — pergunto antes de lançar um pano de prato para ele. Raiva faísca em seus olhos. Eu sei que o deixei contrariado, mas ele é novo demais para entender a magnitude dessa situação. Liam vai fazê-lo sofrer.

— Não — ele diz, sem me olhar nos olhos.

— Como é?

Ele empurra a cadeira para trás e pega sua revista. Ele se vira e me olha, um olhar que nunca vi no meu filho querido. Seu rosto está vermelho e sua respiração é dura.

— Eu gosto do Liam! — ele grita.

Sou pega de surpresa por essa explosão. Se é assim que ele vai ficar depois de dois encontros, até parece que vou deixar Liam entrar na vida dele.

— Liam não mora aqui, Noah, e, depois que ele se for, você não vai mais vê-lo. Deixa pra lá.

— Por que você o odeia?

Eu não odeio e esse é o problema. Eu queria odiar, mas ele é uma perturbação e já está arruinando as coisas na minha casa e eu não quero isso. Não posso admitir isso.

— Eu não o odeio — resmungo. Pressiono meus dedos nas minhas têmporas na esperança de afastar a dor de cabeça iminente.

— Você costumava beijá-lo um monte. Eu vi nos DVDs. Como pode beijar tanto alguém e não gostar dele? — Noah está na minha frente, seus braços segurando a revista. Seus olhos estão fixos em mim e tudo o que vejo é o Liam.

— Isso foi há muito tempo, Noah. As pessoas mudam. Eu mudei e o Liam também. Não somos mais amigos e não quero que você fale com ele. Eu sou a adulta aqui e sou eu que faço as regras. Liam Westbury, não.

— Você não está sendo justa. Eu gosto dele e ele é bom no futebol americano como eu. Ele pode me ajudar a ficar melhor, e ele disse que viria ao meu jogo hoje! — Meu coração se parte ao ver suas lágrimas, mas eu preferiria esse único dia de lágrimas no lugar dos meses de lágrimas que ele vai derramar quando Liam o abandonar. Estendo os braços para Noah, mas ele se afasta e sai correndo para o seu quarto. Eu vou ter que encontrar um jeito de pegar Liam e dizer que ele não pode ir ao jogo, que ele precisa simplesmente ignorar Noah pelo bem de todos nós. Vai ser mais fácil assim.

Pelo menos é isso que eu digo para mim mesma.

Quando a campainha toca, corro para deixar Katelyn entrar. Ela me dá uma olhada e balança a cabeça, puxando-me em seus braços.

— O que eu vou fazer? — pergunto a Katelyn. Eu a levo para a cozinha, e nos sentamos. Ela está na minha frente, segurando minha mão, quando eu deveria estar segurando a sua. Eu deveria ser sua rocha num momento como esse. Ela acabou de perder o marido e aqui estou eu, reclamando com ela.

— Não sei se posso responder isso para você — ela diz, seus olhos cheios de pena. Eu realmente preciso parar de pensar em mim mesma e começar a pensar nela.

— Desculpa. Eu não deveria jogar essas coisas em você. Você já tem o suficiente com que lidar. — Tiro minha mão e começo a limpar a sujeira. Eu a convidei para tomar café da manhã, não para resolver problemas.

— Eu sou sua amiga, Josie. Você pode jogar qualquer coisa em mim.

Balanço a cabeça e a deixo sentada na mesa. Ela vem e para ao meu lado, enquanto a pia se enche de água quente com sabão.

— Eu me lembro de tudo tão claramente. É como se todas as minhas memórias fossem um livro de colorir muito vívido transformado em pesadelo. Sonhei com ele ontem à noite e não tenho esses sonhos desde que Noah tinha uns dois anos. Parei de ler as revistas e procurar os videoclipes, porque eu precisava de um tempo, e agora ele está aqui pelos próximos dias e não há nada que eu possa fazer para impedir que ele venha para jogo do Noah hoje à noite.

— Já pensou em se sentar com ele e falar sobre o Noah? — ela pergunta quando começo a lavar a louça. Mergulho as mãos na água e aprecio a sensação de ardor causada pela água quente.

— Acho que não consigo. — Suspiro e inclino minha cabeça contra a dela. — Nick quer que Liam assine os papéis de adoção ou algo assim, mas eu não sei. Nick e eu ainda não discutimos isso e tenho medo de que seja apenas uma reação instintiva por Liam estar de volta à cidade.

Katelyn toma as minhas mãos nas dela e as tira da água. Estamos pingando água, e bolhas de sabão viajam pela frente das nossas roupas e caem no chão. Ela segura as duas com firmeza, seus olhos ficando marejados.

— Eu perdi o meu marido na semana passada e não fui capaz de dizer adeus. Você está recebendo uma segunda chance e, quer você use essa chance para o Noah ou para encontrar um fechamento para o que aconteceu, você precisa encontrar um meio-termo feliz para vocês três. Se algum dia Noah descobrir que o Liam é pai dele e que você não contou enquanto ele tem essa chance de conhecê-lo, ele nunca vai te perdoar, Josie, e você nunca vai se perdoar.

— Liam vai fazê-lo sofrer — eu digo entre as lágrimas.

— Liam pode surpreendê-la se você lhe der uma chance.

Acabamos passando o resto da tarde na casa dela, evitando o assunto de Liam. Katelyn decidiu que queria atacar a sala do Mason no porão e nós estamos marcando coisas que ela acha que os amigos dele vão gostar. Quando chego ao nome de Liam na lista, tenho que enfrentar as lágrimas — é como se ela o tivesse perdoado por tudo sem pensar duas vezes — porque Liam vai ficar com o prêmio de Jogador Mais Valioso que ele ganhou na faculdade.

Heidi McLaughlin

Capítulo 13

Liam

Ele me disse a hora e o local e me pediu para ir vê-lo. Disse que eu poderia lhe dar algumas dicas no lançamento de cinco passos no intervalo. Eu quero ir, realmente quero, mas não sei. Josie deixou claro como o dia que não quer que eu tenha nenhuma relação com o menino e eu não consigo vê-la batendo na minha porta e me pedindo para assumir o filho.

Mas eu quero vê-lo jogar. Quero me lembrar de como era amar o jogo e talvez aprender a amá-lo de novo, agora que eu tenho um motivo para assistir — se é que vou poder ter esse motivo. Josie detém todas as cartas no que se refere ao Noah.

Da última vez que me sentei para ver um jogo, foi o último do Mason no último ano da faculdade. Não tive chance de falar para ele, mas nunca perdi um jogo seu na televisão, todo domingo. Algumas vezes eu pensava em aparecer para ver algum, mas não estava pronto para ver ninguém. Aparentemente, ainda não estou, já que não posso ter uma conversa decente ou estar debaixo do mesmo teto que Josie sem deixá-la irritada.

Mas ela é tão mal-humorada quando está chateada... Eu sinto falta disso. Sinto falta de ver o fogo nos olhos dela quando ela está determinada a provar que estou errado. Sinto falta da paixão em seu corpo quando ela tenta me mostrar o que é ser amado por ela. Eu daria qualquer coisa para sentir isso com ela, mesmo que fosse só por um momento fugaz e solitário. Queria apenas provar um pouquinho da minha garota novamente e eu estaria completo.

Eu sou um mentiroso.

Estou mentindo para mim mesmo desde o dia em que deixei Beaumont. Abandonei a única coisa importante que eu tinha na vida porque fui egoísta o suficiente para pensar que não precisava dela e que ela ficaria melhor sem mim.

E se eu pudesse, voltaria no tempo e mudaria tudo.

— *Alô?*

— *Liam?* — Olhei para meu telefone, confuso pelo número no visor.

— Sim, quem fala?

— Aqui é Betty Addison, sua avó.

Afasto o telefone novamente e olho para a tela. Talvez eu não tenha ouvido direito, mas juro que ela disse avó. Só conheço o lado paterno da minha família. Minha mãe nunca falou sobre os pais dela.

— Hum... certo... — *eu digo, sem saber o que mais acrescentar.*

— Estou na cidade esta semana e pensei que poderíamos almoçar juntos. Tem uma cafeteria bem agradável perto do seu campus.

O que eu tenho a perder? E ainda por cima é almoço grátis.

— Claro — *eu digo. Marcamos a data e a hora para nos encontrarmos. Falamos um pouco mais e ela pede que eu a ouça antes de fazer qualquer julgamento sobre o motivo de sua ausência nos últimos dezoito anos da minha vida.*

Eu concordo.

Estou nervoso esperando por ela e fico mexendo a perna; um hábito irritante que peguei da Josie. Quando a cadeira na minha frente é puxada e alguém senta, vejo uma versão mais velha da minha mãe. Ou como eu imagino que minha mãe ficará.

— É tão bom finalmente conhecer você — *ela diz, observando meu rosto.*

A conversa é estranha no início, quando começamos a nos conhecer, mas, depois de meia hora, é como se eu a conhecesse minha vida inteira. Ficamos sentados conversando por horas. Minha avó me diz que ela é atriz, mas não atua há anos. Quando pergunto sobre a minha mãe e por que não se falam, ela me mostra uma foto da Bianca. Ela está vestida como uma estrela, segurando um troféu. Betty diz que é seu Prêmio de Estrela Revelação, que ganhou aos dezesseis anos.

— Ela nunca me disse.

— Quando ela conheceu seu pai, abriu mão dos sonhos dela em nome dos dele. Lutei muito para fazê-la enxergar o que ela estava fazendo, mas seu pai estava determinado a ter uma esposa troféu debaixo do braço, e sua mãe faria qualquer coisa para agradá-lo.

Fico ouvindo minha avó me falar sobre uma mãe que não conheço.

A última coisa que Betty me diz naquele dia é uma coisa que eu nunca vou esquecer.

— *Siga apenas os seus sonhos, Liam.*

Um telefonema e algumas horas mudaram minha vida e é questionável se essa mudança foi para o melhor.

Eu poderia estar vivendo feliz com Noah agora, tê-lo criado e treinado seu time de futebol americano. Josie seria minha esposa. Eu ia me casar com essa garota e ela sabia disso. Diabos, nossos pais sabiam e os meus odiavam a ideia. Eles não gostavam que os pais da Josie não tivessem o status social que eles tinham e não pertencessem ao country club, mas para mim isso não tinha importância. Aquela garota mexeu com o meu mundo.

E estou disposto a apostar que ela ainda mexe.

Decido limpar a caminhonete da Katelyn. Não a quero mexendo com as garrafas de cerveja quebradas e não quero que as gêmeas subam na caçamba e se cortem. Isto é o mínimo que posso fazer depois de ela ter aberto seu coração e sua casa para mim.

Ontem à noite, abraçando-a, pela primeira vez, eu senti que poderia pertencer a algum lugar. Eu poderia ser eu mesmo sem ter que encenar nada. Como se Liam Westbury pudesse existir de novo, mas, desta vez, eu pudesse combiná-lo com Liam Page.

Mal acabo de recolher e varrer o vidro e jogá-lo fora, quando o alarme do meu celular dispara. Eu sei que ele está me avisando que o jogo do Noah está prestes a começar e eu preciso tomar uma decisão. Será que vou e arrisco deixar Josie irritada? Vou e mostro ao meu garoto que, mesmo que eu possa não estar por perto, pretendo manter a minha palavra?

Tomo a única decisão possível.

Minha moto ronca quando dou partida, desejando que eu ainda estivesse com o carro alugado ou que, pelo menos, tivesse minha caminhonete. Queria saber se meus pais se desfizeram dela. Eu poderia ir perguntar, mas isso significa visitá-los e não tenho tanta certeza de que estou pronto para enfrentá-los ainda. Eu não estava em Los Angeles nem há três dias antes de o meu pai ter levado minha caminhonete. Tenho certeza de que Sterling e Bianca Westbury não vão ficar tão felizes em ver seu filho certinho aparecer de moto com as tatuagens à mostra. Mas, por outro lado, talvez uma passada no country club seja necessária.

A viagem até a cidade está se tornando familiar. Eu costumava sonhar com essas ruas à noite até meus sonhos só se tornarem nebulosos e complicados. Depois de um tempo, a gente simplesmente esquece. A gente esquece daquela velha senhora Williams, que nunca tira a decoração de Natal, mesmo que a cidade implore para ela tirar. A gente esquece que a cidade inteira fecha para ver o futebol americano de sexta-feira à noite. Mas as pessoas não esquecem da gente e do que fizemos dentro e fora do campo.

Quando paro na escola, as arquibancadas estão lotadas. O som da minha moto chama atenção, algo que eu queria evitar. Tiro o capacete e coloco meu boné e meus óculos falsos. Tenho certeza de que o disfarce não é necessário, mas, se eu não tiver cara de Liam Page, talvez as pessoas me deixem em paz.

Katelyn acena para mim da arquibancada. Seu rosto parece triste. Josie está sentada ao lado dela, mas não me olha e eu não ligo. Ainda não mereci um aceno ou um sorriso dela... ainda.

Evito as arquibancadas, optando por ficar em pé encostado no velho carvalho, que está neste campo desde muito antes de eu ter idade suficiente para jogar aqui. Ouço Nick na lateral, dando instruções de jogadas, e consigo ver quando Noah assume sua posição. Fico um pouco mais ereto quando vejo seu número. Ele usa o mesmo número que eu usava: oito. Engulo em seco e pigarreio. Não quero mostrar nenhuma emoção e tenho certeza de que é apenas coincidência. Mas e se não for?

Peyton aparece no meio do jogo e vem ficar comigo. Ela segura uma bola de futebol americano debaixo do braço e está de chuteiras. Eu me lembro de perguntar para Katelyn se a menina joga. Eu posso enxergar Mason claramente permitindo que a filha jogue. Eu queria perguntar, mas não quero dar nenhuma ideia para ela. Dou risada quando ela grita jogadas ou manda os juízes "darem bandeirada". Olhando para ela, vejo muito de Mason e fico me perguntando como Katelyn vai superar tudo isso. Eu começo a me perguntar sobre a situação financeira delas e se há alguma maneira de que eu possa ajudar. Sei que Katelyn não vai aceitar, mas vou pensar em alguma coisa. Não quero vê-las passar dificuldade e eu tenho meios para ajudar.

Soa o apito final, e Noah está dando pulos. Não posso evitar sorrir e me sentir um pouco orgulhoso, apesar de eu não ser responsável por nada disso. Só de vê-lo lá, liderando seu time com tão pouca idade, percebo que ele está mostrando muita promessa. Só posso esperar que ele seja melhor do que eu e que continue, termine a faculdade e cumpra suas promessas

Sinto uma dor no meu coração, quando ele vem correndo para mim, seu capacete na mão e o cabelo colado na cabeça de suor. Ele ficou mais ou menos como eu ficava depois de um jogo.

— Você veio! — ele diz isso como se não esperasse que eu viesse.

— Eu disse que viria. Desculpe por ter me atrasado. Tive algumas coisas para fazer antes.

— Não tem problema. Estou feliz por você ter vindo me ver antes de sair da cidade.

Era para eu ter ido embora hoje de manhã, mas prometi assistir ao futebol com a Peyton. Faltam alguns dias para domingo e ainda não falei com a Sam. Ela espera minha chegada amanhã.

— Vou estar aqui até o fim da semana. A Srta. Peyton e eu temos um encontro no domingo na frente da TV dela.

— Para assistir ao futebol americano?

Confirmo com a cabeça.

— Legal, será que posso ir também?

Olho para Peyton, que olha para Noah.

— A Peyton que sabe. Talvez vocês dois devessem conversar sobre isso.

Noah olha para Peyton e sorri. Ela revira os olhos, e eu começo a rir. Vejo romance no futuro deles. Noah olha Peyton correr na direção de Katelyn.

— Então, como eu me saí? — ele pergunta quando se vira para mim.

— Você foi bem. Lançou cedo demais em algumas jogadas, mas isso é só uma questão de você e o seu receptor acertarem o tempo. Vocês só precisam praticar suas jogadas e vão acertar logo, logo.

— Uau. É muito legal receber dicas suas.

— Noah, o que eu falei? — Noah congela quando Josie fala. Olho para ela; seu rosto é severo e determinado. Ela não está andando em nossa direção, ela está pisando duro.

— O Liam só estava me dando conselhos.

Josie mal faz contato visual comigo e sei que isso vai ficar feio. A expressão dela me diz tudo o que eu preciso saber; Josie não vai me deixar ver o Noah.

— Vá para o carro, Noah. Agora! — Josie aponta, muito como aquelas mães das quais costumávamos tirar sarro quando éramos mais jovens.

Não movo um músculo. Espero até Noah estar suficientemente longe antes de ir na direção dela.

— Não se aproxime, Liam. Estou falando sério. Não sei qual jogo você está jogando, mas isso acaba agora e eu quero que você vá embora. Você precisa ir embora e esquecer o Noah.

— De que diabos você está falando? Ele me convidou para vir e eu disse que poderia. Eu estaria aqui o tempo todo se eu soubesse, mas não sabia. Então, não venha para cima de mim com esse jogo de merda, Josie. Você o manteve longe de mim e, sim, eu entendo que você não conseguia falar comigo pelo celular, mas existem outras formas. Desça do seu cavalo, Josephine, porque, se você cair, não vai ser bonito. — Enfio as mãos nos bolsos e saio andando. Não queria explodir, mas ela me provocou.

— Eu tentei! — Eu paro e me viro.

— Ah, é?

— Sim. — Ela fica parada com as mãos nos quadris, e sei que está mentindo.

— Tenho certeza de que você tentou.

Capítulo 14

Josie

Ver as costas dele indo embora devia ser algo fácil e natural para mim. Esta não foi a primeira vez que ele foi embora e provavelmente não será a última. Se eu tiver sorte, ele vai ficar sumido por mais dez anos, e não vou mais ter que lidar com ele.

Ele me frustra absurdamente com sua atitude de "estou pouco me fodendo". Ele não sabe que está se metendo com o meu filho? Ele sabe que não tem nenhuma intenção de ficar e brincar de papai, então por que está tentando agora? Por que ele não pode simplesmente voltar para o lugar de onde veio e nos deixar em paz?

— Você vai quebrar as unhas se apertar mais as mãos. — Katelyn dá uma risadinha quando passa por mim. Peyton se vira e me dá uma olhada feia. Maravilha, então ela me ouviu mandar o Liam ir embora da cidade. Eu sei que ela lhe pediu para assistir ao futebol com ela, mas, falando sério, Katelyn deveria querer que ela ficasse o mais longe do Liam quanto possível.

— Pare de ficar do lado dele — eu digo, andando forte atrás da Katelyn. Sou covarde, digo isso para as costas dela porque não quero ver seu olhar decepcionado. Noah já está no banco de trás quando entro no meu carro. Ele olha fixo para a janela, evitando contato visual comigo. Seus braços estão cruzados sobre o peito. Ele suspira repetidas vezes. Não vou mudar de ideia. Não me importo com quanto tempo ele vai me ignorar.

Temos que nos sentar e esperar que Nick termine de falar com os pais dele. Fico louca da vida quando vejo Candy Appleton tocar o braço do Nick. Ela sempre quis o que é meu; primeiro Liam e agora Nick. Aperto a buzina, alertando-o de que estou esperando. Estou sem vontade de ficar sentada neste estacionamento enquanto eles ficam de olhos estrelados um para o outro.

— Qual é o seu problema? — Nick questiona quando finalmente consegue entrar no carro. Eu deveria ter ido para casa andando. Pensei nisso. Poderia ter usado o tempo para esfriar a cabeça e reorganizar os meus pensamentos.

— Ela ficou com raiva porque eu estava conversando com o Liam — Noah fala de repente, e Nick olha para mim.

— Noah, fique quieto — digo entre dentes cerrados. Estou tentando não chorar por causa dessa porcaria com Liam e Noah, realmente estou. Estou tentando ser forte e aguentar. Ele desapareceu por dez anos e não pode aparecer aqui e agir como se não houvesse nada errado.

— O que está acontecendo? — Nick pergunta em seu tom médico tranquilo e calmante. Isso está me deixando louca. Quero que ele diga ao Noah que ele não pode falar com Liam. Preciso que ele me apoie, mas ele não faz isso. Ele apenas dá partida no carro e dá marcha à ré para sair do estacionamento.

— Você vai falar comigo? — ele pergunta. Balanço a cabeça, olhando fixo para a janela, à medida que passamos pelas vitrines das lojas. Comerciantes estão decorando para o outono e percebi que não fiz nada disso. Preciso fazer. Não posso deixar de decorar porque minha loja tem destaque na Rua Principal.

— Me deixa na loja, por favor — peço sem olhar para Nick. Ele pega minha mão. Deixo-o segurá-la, mas não seguro a dele. Estou zangada demais, e a última coisa que quero é ser paparicada.

— Josie...

— Nem Josie, nem meia Josie. Preciso ir trabalhar. Eu nunca deveria ter tirado o dia de folga. — Nick não responde, apenas acena com a cabeça e dirige em direção à minha loja. Quando ele para o carro na entrada, eu desço sem me despedir. Sei que vou me arrepender da minha atitude mais tarde, mas agora estou com raiva por não ter ninguém do meu lado.

O perfume das flores me oprime quando abro a porta. Esqueci de deixar o ventilador ligado quando saí na última noite, e quero só ver quantas flores ficaram arruinadas por causa disso. Arruinadas por tudo o que Liam é, porque ele apareceu aqui, na minha loja, no meu único lugar que não tem nada a ver com ele e agora também está contaminado.

Ligo apenas a luz dos fundos na esperança de evitar que as pessoas entrem. Mesmo com a placa de *Fechado*, o pessoal da cidade entra e vem fazer uma visita. Eles gostam de conversar, tomar café e me contar suas histórias de vida enquanto eu corto e preparo ramalhetes.

O vidro esmigalhado me lembra de novo do Liam. Parece que não importa para onde eu vire, ele está lá para interromper a minha vida e criar o caos por onde passa. Quem diria que seu retorno me causaria tanto tumulto.

Até Katelyn abriu os braços para ele como se os últimos dez anos não tivessem importância. Nick só quer que ele ceda os direitos de paternidade e Noah... Noah quer que Liam seja seu melhor amigo. E eu quero... Não sei o que eu quero... exceto que tudo volte ao que era há duas semanas, quando Mason entrava aqui na segunda de manhã e comprava flores para a esposa.

Assim que o vidro é limpo, ligo meu iPod e começo a trabalhar nas vitrines, para criar o perfeito cenário de outono, enchendo-a com crisântemos e pés de milho. Vou ter que me lembrar de perguntar ao Noah, se ele estiver falando comigo, se pode me fazer um espantalho. Acrescento gravetinhos de lavanda seca para dar à vitrine um pouco mais de cor. Nem tudo tem que ser vermelho e ouro.

Escorando a porta aberta para deixar entrar um pouco de ar fresco, decido que os degraus da frente também precisam de crisântemos e milho. Preciso me manter ocupada ou vou começar a pensar em Liam, Noah e Nick. Paro de repente. Como é que Liam me vem à mente antes de Nick, quando este está com Noah desde que meu filho tem três anos? Como ele se tornou o terceiro na minha linha de pensamento?

É simples, ele não deveria. Ele é muito mais homem do que o Liam. Ele é inteligente e educado, tendo passado depressa pela faculdade para abrir seu pequeno consultório e retribuir para a comunidade. Ele é o tipo de homem em quem alguém deve pensar em primeiro lugar, não em último.

— Precisa de ajuda? — Não me viro porque conheço essa voz. Nunca esquecerei essa voz, quer ele esteja gritando ou sussurrando no meu ouvido. É a mesmo que assombra meus sonhos, ultimamente transformando-os em pesadelos.

— Não preciso de nada de você, Liam. — Amarro o último dos caules nos ganchos de metal na fachada. Vão segurar, a menos que tenhamos algum vendaval maluco.

Por outro lado, Liam apareceu com tudo na cidade sem nenhum aviso.

— Eu só quero conversar, Josie. Podemos resolver isso como adultos.

No momento em que me viro, queria que não tivesse virado. Pela primeira vez, eu estou realmente olhando para ele, para ele inteiro. Seus braços estão à mostra e finalmente posso ver suas tatuagens; não que eu estivesse tentando antes, mas estava curiosa. Eu me concentro nelas, antes de dar permissão aos meus olhos para observar o resto dele. Seus braços ainda são definidos, como no ensino médio, mas provavelmente mais agora. Seu jeans, desgastado e provavelmente muito caro, não é o Levi's que ele usava quando a gente namorava, e está folgado na cintura. Até com cinto, parece que a calça pode cair se ele não tomar cuidado.

Ele me olha quando meus olhos encontram os seus e sorri, mas não com a intensidade e o jeito convencido de antes. Ele sabe que estou olhando-o dos pés à cabeça, e está permitindo que eu o faça, me desafiando.

Nunca achei que tatuagens deixavam um cara sexy, mas vendo Liam agora me pergunto se ele tem alguma que eu não posso ver e quero perguntar o que elas significam.

— Você tem...? — Minhas palavras ficam no ar. Essa pergunta está cruzando uma linha que eu não estou disposta a superar.

— Eu o quê?

— Nada, deixa pra lá — digo, balançando a cabeça. Subo as escadas e deixo-o parado na calçada. Fecho a porta com um chute e assim tenho sucesso em deixar Liam do lado de fora.

— Josie — ele diz tão baixinho que quase deixo meu coração se partir. Sinto falta dessa voz e agora ela está aqui, batendo na minha cabeça. Eu só quero gritar e dizer para ela ir embora.

— Me desculpe por antes, e eu queria te perguntar sobre uma coisa que você disse.

Enfio as mãos no meu cabelo enquanto ele fala para as minhas costas. Quando ele me toca, eu quero derreter e rastejar em seus braços, mas essa é minha versão *antiga*. Minha versão *atual* vira e olha para ele com nada além de raiva e ódio nos olhos, e ele sabe, porque recua e balança a cabeça.

Levanto a sobrancelha e indico que ele pode continuar.

Ele respira fundo e me olha antes de fixar o olhar no chão. Ele brinca com o lábio e eu batalho com cada ímpeto que sinto de afastar sua mão da boca e entrelaçar seus dedos nos meus, do jeito que costumávamos fazer.

— Você disse que tentou me contar sobre o Noah. Eu sei que mudei o meu número e essa atitude foi uma merda, mas você disse que tentou e eu quero saber como.

— Por que eu deveria te dizer? — Cruzo os braços sobre o peito em uma postura desafiadora.

— Estou te pedindo para me dar uma chance aqui, Jojo. Sei que estraguei tudo, mas você não estava lá e não tinha ideia do que eu estava passando. — Liam começa a andar e a puxar o pouco cabelo que tem. — O estresse de ficar sozinho, eu só...

— Traiu? — interrompi.

Sua cabeça vira na minha direção bruscamente e eu sei a resposta antes que ele sequer tenha que dizer as palavras.

— Nunca — ele sussurra. — Eu nunca teria desrespeitado você assim. Quando estávamos juntos, nunca nem olhei para outra garota da maneira que olhei para você.

— Você me deixou. Eu obviamente não era suficiente para você.

— Meu Deus, você por acaso está ouvindo o que está dizendo? A questão não era você. A questão era eu e essa mudança pela qual eu passei.

— Achei que você poderia ter inventado algo melhor do que isso, já que é um gênio com as palavras. Por que você simplesmente não me contou que não estava feliz?

— Porque não era assim, eu me sentia como se estivesse sufocando.

Capítulo 15
Liam

Eu não queria falar para ela assim, pois sabia que não poderia lidar com o cenário que tinha diante de mim. Ela baixa os olhos, recua alguns passos e seu peito começa a subir e descer à medida que ela tenta recuperar o fôlego. Meu coração se parte com esta visão, pior do que na noite em que terminei com ela. Na noite em que peguei o caminho covarde.

— *Fico feliz que você esteja aqui, você deve estar cansado.* — *Sua mão encontra a minha e ela tenta me puxar para dentro do seu dormitório, mas não vou ceder.*

— *Você não quer entrar?*

Eu quero, mas não posso. Se eu entrar, nunca vou sair e nada vai mudar. Minha vida vai ser a repetição do mesmo padrão de novo e de novo e, se eu não mudar isso, vou enlouquecer.

Balanço a cabeça só um pouquinho para chamar a atenção dela.

— *Algo errado, Liam?*

Minha garganta começa a se fechar, meu coração... parece que está prestes a sair pela boca. Sei que estou fazendo a coisa certa, mas por que parece tão horrível?

— *Larguei a faculdade.*

O primeiro indício do que está prestes a ser um chilique se espalha pelo rosto dela. Eu me desviei do plano. O plano do garoto americano, no qual eu me torno um jogador de futebol americano da NFL e nós moramos em um bairro tranquilo, criando nossos dois filhos, um menino e uma menina, e ela viaja para ver meus jogos e nunca perde um, porque ela é minha torcedora pessoal.

— *Certo, por quê?*

— *Eu... um... Não posso...*

— *Não pode o quê? Você está me assustando, amor. Entre e vamos falar sobre isso. Vamos ligar para o seu treinador e resolver isso.*

Tenho uma sensação de alívio percorrendo meu corpo quando ela diz que vamos ligar para o meu treinador. Isso é exatamente o que não quero e eu sei que tomei a decisão certa. Eu não quero mais jogar futebol.

— Não posso mais ficar com você, Josephine. — Eu não olho para ela quando digo essas palavras. Eu me viro e me afasto, ignorando sua voz enquanto ela chama meu nome. Corro pelo corredor, ziguezagueando entre as pessoas que testemunharam a separação entre mim e a minha garota.

Eu quero dar um passo à frente e envolvê-la nos meus braços, falar que cometi o maior erro da minha vida naquela noite, quando a deixei. Eu deveria ter entrado lá, feito as malas dela e a levado comigo. A viagem de dois dias para Los Angeles teria sido muito melhor com ela enrolada nos meus braços durante a noite enquanto dormíamos na traseira da caminhonete. Meu café da manhã de Doritos e Coca-Cola teria sido o melhor que eu já tinha comido, pois ela teria dividido comigo.

Mas, em vez disso, passei dois dias dirigindo com as lágrimas escorrendo pelo meu rosto, porque fiz a coisa mais horrível da minha vida. Parti meu próprio coração quando falei para ela que não a queria mais.

— Jojo...

Ela ergue a mão e eu paro de falar. Quando ela olha para cima, é aquela noite que eu vejo de novo. Sua maquiagem está escorrendo pelo rosto, preta e pesada, deixando um caminho de dor que arruína sua beleza.

— O que era tão importante que você simplesmente me deixou?

Eu suspiro. Não sei como explicar Betty e o dia que mudou minha vida.

— Eu te disse, eu precisava de algo diferente.

— Não foi por minha causa?

— Não. — Balanço a cabeça para dar ênfase à minha explicação. — Não foi por sua causa. Nunca foi por sua causa. Eu me odeio até hoje por não ter levado você comigo. Eu deveria ter levado, mas não pensei que você fosse e não queria que me dissesse não.

— Então você vai lá, parte meu coração e me deixa para criar um filho sozinha?

— Porra, Jojo. Se eu soubesse sobre o bebê, teria ficado e dado um jeito. Eu teria me casado com você e voltado para a faculdade.

— Mas você não seria feliz?

Não posso responder, e ela sabe disso. Meu silêncio é suficiente.

Josie respira fundo e acena com a cabeça.

— Então você foi para a Califórnia e se tornou esse músico famoso. Você sabe o que é o mais engraçado? Não pensei que gostasse muito do violão. Eu sei que você tocava quando cantava para mim, mas pensei que você estava sempre brincando. Isso meio que faz de mim uma namoradinha de merda.

— Você não achava que eu era bom?

Ela balança a cabeça.

— Não, não é isso. Eu só pensei que era uma brincadeira para você, uma coisa que você fazia para irritar o seu pai.

— Eu sempre toquei. Me deixava calmo e me ajudava a expressar meus sentimentos. Quando fui para a faculdade, eu tocava mais e mais. Uma noite, eu estava numa festa de karaokê no campus e toquei. Eu adorei, amei cada maldito segundo e tentei te dizer isso, mas você não estava ouvindo. Você só queria falar de futebol americano e das suas aulas e como o Mason e a Katelyn estavam dormindo juntos. Você não quis me escutar quando tentei dizer que minha cabeça ia explodir, e que cada noite eu acordava com meu coração acelerado porque me sentia muito solitário e odiava a faculdade. Meus três melhores amigos estavam em uma escola diferente, e eu, a três estados de distância, sem ninguém.

Josie apoia-se no balcão, me observando. É a primeira vez que ela realmente olha para mim e não tem uma careta no rosto. Seu rosto manchado de choro é lindo. Eu quero enxugar suas lágrimas. Quero pegar os últimos dez anos e apagá-los.

Quero começar de novo.

— Olha, só vim aqui para discutir sobre o Noah, mas saímos um pouco da pista e eu odeio ver você chorar.

— Você odeia? — Ela me olha como se isso fosse alguma piada para mim.

Não posso deixar de sorrir ao ver o quanto ela parece inocente.

— Só porque fui embora naquela noite não significa que as coisas mudaram para mim.

Uma onda de surpresa percorre seu rosto. Ela me encara,

provavelmente se perguntando se estou dizendo a verdade. Eu estou, mas isso é o mais próximo que vou chegar de admitir.

— Eu tenho um show no Ralph's, então é melhor eu ir andando. Vejo você mais tarde, Jojo. — Hesito antes de dar meia-volta. Eu daria tudo para sentir seus braços em volta de mim, para ouvi-la mandar eu me danar mais uma vez. Ter seus lábios tocando os meus, mesmo que só por um momento. Seria o suficiente para durar mais dez anos.

O estacionamento está cheio quando eu chego ao Ralph's. A gente se cruzou outra noite no mercadinho e ele me pediu um favor. Não pude negar, já que ele costumava comprar cerveja para nós. Além disso, o que é um showzinho em um pub entre amigos?

Com o violão pendurado nas costas, eu abro a porta. A plateia é pequena e perfeita. Ralph me vê, vem e dá a volta no bar para me envolver em seus braços grandes.

— Muito obrigado, Liam. — Ele me dá umas palmadinhas nas costas. Seu sorriso é agradecimento suficiente.

— Qualquer coisa por você, mas você não anunciou?

— Sim, eu anunciei — ele disse, coçando a cabeça. — Mas todo mundo pensou que eu estava doido de pedra.

Começo a rir. Essa é a merda mais engraçada que ouço em muito tempo.

— Tudo bem. Vamos nos divertir.

Sigo Ralph até o bar e tomo algumas cervejas *legais* com ele pela primeira vez na história. As pessoas circulam ao redor, me ignorando, e eu gosto disso. Alguns param para me dizer oi, mas estão falando com Liam Westbury, não Page.

Ralph me diz que ele encontrou para si uma patroa e que ele agora está domesticado. Acho difícil de acreditar, mas dou os parabéns. Ele me convida para jantar e me dou conta de que meu tempo aqui já quase acabou. Respondo que talvez uma outra hora, porque tenho que voltar na segunda. Seu rosto é pensativo, mas ele me diz que entende por eu ser um músico famoso e tal.

Eu queria entender.

Finalmente subo no palquinho. Eu, meu violão, um banquinho e uma garrafa de cerveja. Não há luzes brilhando na minha cara. Nenhuma garota gritando ou jogando calcinha em mim. Minha banda não está atrás de mim reclamando do som e quando eu olho para a esquerda do palco não tem ninguém lá esperando que eu dê o show perfeito.

Sou só eu, em um pub, com uma centena de pessoas, mais ou menos.

Ralph diminui as luzes e vejo algumas câmeras dispararem. O flash me cega, mas estou acostumado.

— Então, sou Liam Page. — A multidão estava silenciosa até eu falar. Alguns dos clientes lançam cantadas, outros assobiam e isso me lembra por que eu subo no palco noite após noite. Eu adoro essa sensação. Adoro o momento em que meu dedo toca as cordas do violão para o primeiro acorde de uma música que compus e o público vai à loucura. Adoro olhar para frente e ver as pessoas cantando minhas músicas como se fossem delas.

Enquanto toco, as pessoas se unem em casais e começam a dançar. Esta é a primeira vez em anos que eu faço um set solo em um pub, e me lembro de por que gosto tanto. Os fãs são envolvidos; eles fazem parte do show. Quanto mais longo o meu set, mais gente chega. Ralph está faturando bem esta noite, e está me mantendo abastecido com um bom suprimento de cervejas, mesmo que vá recolhendo garrafas meio-vazias.

Se alguém grita que me ama, eu respondo "obrigado". Nunca vou dizer e nem disse às fãs que eu as amo, por mais inocente que isso seja. Só amei uma pessoa na minha vida, e essas palavras estão guardadas para a minha garota e, agora, para o meu filho.

Sentado aqui, eu percebo que quero ser um pai para Noah. Eu quero que ele me veja assim e sei que há mais na vida do que só o futebol. Ele pode ser um artista, um músico ou até mesmo viver debaixo de uma ponte e mesmo assim eu apoiaria a decisão dele, se ele me permitir.

Quando olho para cima, Ralph está abraçando alguém e, quando olho, é a ruiva que estava com Josie na floricultura naquele dia. Quando Ralph se afasta, é a Josie que ele está abraçando. Ela fica nos fundos, onde mal consigo vê-la na escuridão, mas posso senti-la. Ela mora na minha pele.

— Essa música eu acabei de compor, então vocês vão ouvir em primeira mão. Peço desculpas se ainda não estiver muito finalizada.

Olho para frente, esperando que ela mostre seu rosto para mim. Canto a primeira estrofe na direção dela, meus olhos apontados para o último local onde a vi. Minha segunda estrofe me dilacera, abre muitas feridas.

— *Nos braços de uma estranha, um beijo morno, tentando preencher o vazio, daquela de quem sinto falta.*

Sussurros perfumados, cílios e rendas, mas eu só ouço sua voz. Onde é o meu lugar?

Todos esses analgésicos, são apenas isso.

Analgésicos.

Termino o último *riff* incapaz de olhar para o fundo do salão para ver se ela ainda está lá. Esta canção era para ela, uma maneira de falar sem palavras o que eu sou sem ela.

Capítulo 16
Josie

Fui ver Liam cantar no pub há duas noites. Duas noites, mas eu não consegui parar de pensar nele. Ouvi-lo cantar, mesmo que as palavras me contassem sobre sua vida, me fez querer sair correndo até o palco e puxá-lo em um abraço apertado, mas a música não era para mim. Ele estava se apresentando para seus fãs, dando-lhes o Liam Page que eles adoram. No palco, aquele não era o meu Liam. Ele era alguém que eu não conhecia.

Fiz o impensável depois de vê-lo tocar: baixei seus álbuns e os ouvi do começo ao fim. Algumas canções me fizeram chorar, algumas me fizeram sorrir, mas algumas me deixaram zangada, por ouvi-lo cantar sobre amor perdido, o amor que ele jogou fora como se não significasse nada. Ele não tinha o direito de contar ao mundo sobre nós. É como se ele estivesse me pedindo desculpas, sem ter que me olhar no rosto.

Eu vou vê-lo hoje e não sei o que dizer ou como agir. Eu finjo que não estava em seu show na sexta-feira, ajo como se não me importasse ou ele vai saber? Será que o Ralph contou para ele? Estou confiante de que ele não me viu, já que fiquei no fundo com a Jenna. Ouvimos duas músicas antes de eu me sentir farta e precisar ir embora.

Não consegui vê-lo lá em cima. Não podia fingir que ele não me afetava. E o pior de tudo: Jenna sabia. Ela olhou para mim com olhos muito tristes e segurou minha mão quando saímos do pub. Ela não perguntou, tudo o que ela disse foi o nome do Noah e eu não aguentei.

Sinto falta do Liam, mas não quero. Estou com Nick. Ele me ama. Vamos nos casar e talvez ter um bebê juntos. Esse é o plano. Vivemos juntos, mesmo que eu nunca tenha lhe pedido para se mudar para a minha casa. Ele meio que parou de ficar na casa dele. Não discutimos isso. Eu estava com medo de que, se eu dissesse alguma coisa, ele iria me deixar como Liam deixou.

Então por que meu coração está me dizendo para dar uma chance ao Liam?

Apoio a cabeça na janela no caminho para a casa da Katelyn. Ela pediu para todos nós irmos lá e tratarmos este domingo do jeito que sempre fizemos. Na semana passada, nós não assistimos ao futebol, ficamos de luto. Sinceramente, estou sem vontade de celebrar com dancinhas idiotas e salsicha.

Nick dirige com uma só mão e desliza a outra para a minha, seu polegar acariciando o meu. Por um breve momento, eu me lembro de como era quando Liam segurava a minha mão.

Ontem, Liam Westbury me convidou para ir ao baile. Ele disse que me ligaria ontem à noite, mas não ligou. Estou preparada para ele dizer que está brincando ou que decidiu ir com Candy Appleton, porque ela vai dormir com ele. Quer dizer, é isso que os garotos querem, não é? Eles procuram algo fácil para que possam dizer que fizeram.

Bem, não vou dormir com Liam Westbury, então, se foi por isso que ele me convidou, está perdendo seu tempo.

Respiro fundo algumas vezes para me acalmar. Vou me atrasar para a aula, mas não me importo. Liam está ali e eu realmente não quero vê-lo neste momento. Minha mãe tinha razão, um rapaz como Liam Westbury não quer nada com uma garota como eu. Eu sou do lado errado de Beaumont.

Bato meu armário com força e me viro, dando de cara com um corpo que parece uma parede. Recuo e olho para cima. Liam está olhando para mim, seus olhos cheios de vida. Ele puxa a minha mão na sua e nos leva para as portas duplas. Já não vou mais chegar atrasada. Vou oficialmente matar a primeira aula para que Liam possa partir meu coração. Pelo menos, para todos os efeitos, só tive metade de um dia para me acostumar com a ideia de dançar com ele.

Liam empurra as portas de metal pesadas, segurando minha mão cada vez mais forte. Ele nos leva ao campo de futebol americano. Meu Deus, ele quer dar uns amassos debaixo das arquibancadas. Será que eu quero? Se eu não quiser, talvez ele vá me dizer que não pode ir ao baile comigo. Quem me dera ter falado com a Katelyn sobre isso antes de ela fugir com o Mason. Sei que eles estão muito perto de transar. Ela fala sobre isso o tempo todo, mas acho que ainda não chegou a minha hora.

Passamos pelo campo de futebol americano e seguimos para o campo de beisebol. Ele quer fazer aquilo no banco dos reservas. Acho que é melhor do que atrás das arquibancadas, porque pelo menos há um banco para eu poder deitar.

Ele nos puxa para a parte de trás da cobertura onde fica o banco e longe das vistas da escola. Sei o que ele quer fazer agora. Eu olho para baixo e me pergunto se vou ficar com mancha de grama nos meus joelhos.

Sua mão livre toca meu rosto e eu acho que deveria estar feliz que ele, pelo menos, quer me beijar primeiro, ou talvez este seja algum tipo de teste de língua. Oh, como eu gostaria de poder ligar para a Katelyn em uma hora dessas.

— Por que você está se escondendo?

Eu balanço a cabeça, encostando mais o rosto em sua mão. Ele ainda está segurando a minha outra mão, provavelmente tentando me impedir de sair.

— Você é muito linda para se esconder, Josie.

— Eu não estou pronta — deixo escapar. Eu cubro minha boca e arregalo os olhos. Ele ficou confuso pela minha explosão e balança a cabeça.

— Eu só quero conversar — diz ele. — Me desculpe por não ter ligado ontem à noite, meu pai estava no meu pé e, quando ele terminou e eu fiz a lição de casa, já passava das nove e eu não queria incomodar seus pais se eles estivessem dormindo.

Acho que estou apaixonada.

— Se eu soubesse que só precisava segurar sua mão para te fazer sorrir, teria feito isso ontem. — Eu não pretendia sorrir, mas, ao pensar em como eu ficava sem jeito perto do Liam, não consegui evitar. Ele era tão compreensivo e atencioso.

Eu me arrumo no assento e dou a Nick meu melhor sorriso encorajador. Não vou poder atribuir meu humor à perda de Mason por muito mais tempo. Cedo ou tarde, ele vai começar a fazer perguntas.

Perguntas que levam a respostas que não estou pronta para ouvir ou aceitar.

Quando paramos na entrada da casa da Katelyn, a moto do Liam está na garagem. Fecho os olhos e me pergunto como seria me sentar na garupa, apertar meu peito nas costas dele e envolver meus braços na sua cintura.

Uma batida na janela me assusta.

— Você vem? — Nick pergunta antes que eu possa abrir a porta. Quando saio, ele puxa minha mão na dele. — Você está bem?

— Sim, estou bem — digo, nos conduzindo para dentro da casa.

Não estou preparada para o que encontro lá dentro. Noah corre ao meu lado. Meu filho que não fala comigo desde sexta-feira vai até Liam e lhe mostra a *Sports Illustrated*. A visão de Liam, sentado lá no sofá, vestindo uma camisa de futebol com Peyton ao lado dele, e meu filho ali ansioso para lhe mostrar algo em uma revista não é nada comparado a Liam se inclinado para a frente e esquecendo do jogo apenas para falar com Noah.

Corro até o banheiro antes que Nick possa ver minhas lágrimas. Não estou sendo justa com ele. Nunca me queixei por Liam não estar na vida do Noah, e, agora que ele está aqui, eu quero isso. Quero ver Noah feliz e poder falar que ele tem um pai, mas também sei que Nick quer esse título. Ele pode merecer o papel, mas talvez eu deva a Liam a oportunidade de deixar Noah fazer essa escolha.

Quando volto para a sala de estar, a cena é cômica. Liam tem todas as crianças ao seu redor, e Nick está sentado sozinho. Tento não rir ao me sentar ao lado do Nick. Liam me vê pelo canto do olho e sorri quando Nick passa o braço ao meu redor. O sorriso se torna completo quando ele vê Nick me puxando para mais perto e sei que Nick está se perguntando por que estou rígida e não relaxo na curva do seu braço.

— Bem, eu odeio interromper esta festa, mas prometi à Srta. Peyton que iríamos ver pelo menos um jogo lá embaixo — Liam fala. Isso faz Peyton pular de alegria e Noah perder o entusiasmo. Liam se inclina e sussurra algo no ouvido do Noah, que sorri.

Vendo o rosto de Noah se iluminar, percebo que preciso colocar minha raiva de lado e fazer o que é certo para meu filho e dar uma chance ao Liam. Minha decisão vai machucar o Nick, mas é algo que eu preciso fazer pelo Noah.

Capítulo 17

Liam

Peyton e eu assistimos a um jogo cheio de ação que vai para a prorrogação. Ainda não consigo superar o fato de que ela sabe narrar as jogadas melhor do que metade dos árbitros. Ela me faz gargalhar, tem uma voz potente e segura bem a peteca.

— Você vai jogar futebol? — pergunto a ela, curioso para saber se isso é algo que ela e Mason discutiam.

— Bem, não vou ser uma líder de torcida, como a minha mãe foi.

Sua resposta efetivamente fecha minha boca. Mason adorava ter Katelyn nas laterais do campo em seus jogos e eu admito que era um prazer sublime ter minha garota torcendo por mim. A melhor parte era nos jogos fora de casa. As líderes de torcida voltavam de ônibus com a gente. Josie e eu sempre nos sentávamos no fundo, onde era mais escuro. Meus lábios nunca deixavam alguma parte do seu corpo até entrarmos no estacionamento da escola.

Elle desce, vestida exatamente o oposto de sua irmã. Essas meninas são a perfeita imagem dos seus pais: uma é Mason e a outra é Katelyn.

— Mamãe disse que é hora do almoço. — Ela vira e sobe as escadas, sem esperar por uma resposta.

— O que você acha? Vamos subir para bater um rango?

Peyton sobe nas minhas costas. Eu a levanto e corro pelo porão como um louco só para poder ouvir sua risada.

— Podemos fazer isso de novo no domingo que vem?

Paro de correr e a coloco apoiada no meu quadril.

— Tenho que voltar ao trabalho, mas podemos assistir ao jogo juntos pelo computador.

— Eu não tenho um computador. — Não vou deixar que isso me detenha. Beijo sua bochecha e falo para ela não se preocupar com isso.

Quando chegamos lá em cima, todo mundo está reunido na sala de jantar para a refeição. Katelyn preparou todas as comidas de futebol americano conhecidas na história do homem. Peyton e eu servimos nossos pratos e nos juntamos aos outros para o próximo jogo.

Noah está sentado no chão, então eu me sento ao lado dele. Percebo que ele sorri, mas não vou chamar atenção para isso. Falei para ele depois de ter assistido ao jogo com a Peyton que voltaríamos e treinaríamos seu tempo de passe. Eu gostaria de encontrar um jeito de prolongar meu dia com ele, mas sei que Josie não vai permitir. Ainda preciso me sentar e conversar com ela sobre Noah e algum tipo de visita. Talvez possamos começar com ligações telefônicas à noite, algumas vezes, e eu posso voltar para vê-lo uma vez por mês.

Mais importante, precisamos falar para ele que eu sou seu pai, quer Josie queira ou não. Imagino que ele vá ficar chateado e que provavelmente me odiará, mas vou fazer o que puder para compensar. Não ser parte de sua vida não é uma opção para mim.

O prato de Noah está vazio, então pego o meu e o seu para levá-los para a cozinha. Josie entra atrás de mim, seu perfume flutuando e penetrando nos meus sentidos. Eu odeio que ela possa ter um cheiro tão delicioso no futebol de domingo e eu não possa tocá-la.

— Oi — ela diz, para o meu choque. Pensei que com certeza estávamos fazendo o jogo de evasão.

— Oi — respondo, mal olhando para ela. Finjo limpar, a jogada de covarde por excelência, para evitar uma conversa desconfortável.

Ela só me encara, suas mãos puxando desesperadamente os passadores de cinto. Eu não posso ficar e olhar para ela, então chamo Noah e pergunto se ele está pronto para ir lá fora. Ele vem correndo até mim, bola na mão, e aposta corrida até a porta. Dou uma última olhada para ela, sua cabeça baixa, dentes criando um vinco profundo em seu lábio inferior, antes de voltar para dentro.

Ensino a Noah tudo o que sei. Fico surpreso por me lembrar de metade dessa merda, mas tudo volta para mim com cada pergunta que ele faz. Eu percebo como Nick tem sorte de viver a vida que deveria ser minha. Ele ficou com minha garota e com o meu menino e não há uma merda que eu possa fazer a respeito, a não ser observar de fora.

— Você pode vir para o meu jogo na sexta-feira? — Noah pergunta com tanta esperança na voz... Só olhar para ele já faz meu coração em pedaços.

— Vamos nos sentar — eu digo, colocando minha mão em seu ombro e trazendo-o para o banco de piquenique. — Você sabe que eu moro em Los Angeles, não sabe? — Noah faz que sim. — Bem, eu tenho que voltar ao trabalho, tenho prazos e pessoas que estão dependendo de mim. Era para eu estar aqui só para o funeral e ir embora no dia seguinte, mas depois conheci você e gostei muito de ficar com você, e a Peyton me convidou para assistir ao futebol, então eu fiquei. Falo para mim mesmo que vou embora amanhã e que preciso fazer uma coisa antes, mas então preciso voltar para o meu gato, sabe, porque ele sente minha falta.

— Mas ele odeia você.

— Sim, amiguinho, ele odeia. — Começo a rir, e Noah se junta a mim. Quando seus olhos azuis me olham, sei que preciso fazer a coisa certa. — Estou pensando em falar com a sua mãe e talvez a gente se fale por telefone ou alguma coisa.

— Ela vai falar que não. Ela odeia você ou algo assim, diz que eu não devo falar com você. Eu falei hoje porque ela não vai gritar na frente da Katelyn.

Ouvir meu filho me dizer que minha garota — sua mãe — me odeia realmente não cai bem em mim.

Preciso resolver isso.

— Vou falar com a sua mãe, tá? Só não seja duro com ela. Ela perdeu o amigo e, às vezes, é difícil de lidar com as memórias.

Ele faz que sim e, quando me olha, uma parte de mim morre. Não quero deixá-lo mesmo que ele nunca saiba que sou seu pai. Eu quero ser seu amigo.

Nós dois olhamos para cima quando a porta de vidro deslizante se abre. Josie sai com os braços cruzados ao redor do corpo. Seus olhos estão vermelhos; ela estava chorando. Eu quero perguntar por que, mas também não quero me importar. Eu deveria, mas não posso. Ela tem o Nick, e eu preciso aceitar.

— Acho que é hora de você ir — falo para Noah, que parece prestes a jogar a bola na mãe dele.

— Na verdade — ela diz ao se aproximar. — Eu queria saber se você gostaria de ir jantar comigo e com o Noah amanhã na nossa casa.

Olho além dela, na direção da sala, onde Nick está conversando animadamente com a Katelyn.

— Não, obrigado — digo, para grande desgosto de Noah. Levanto a mão para ele parar. — Não sou fã do Nick. Não sei se vou conseguir passar pelo jantar com ele lá.

Josie se vira e olha para a casa e, quando ela me olha de novo, está balançando a cabeça.

— Nick vai viajar amanhã para uma conferência. Seremos só eu e o Noah.

Sem Nick. Minha garota, meu filho e eu? Pode contar comigo.

— Que horas?

— Que tal cinto e meia? Eu fecho a loja às cinco e volto para casa andando...

— Eu vou te pegar — digo antes de realmente pensar sobre isso. Só tenho a Ducati e um capacete. Acho que vou fazer compras para resolver isso amanhã. Josie tenta esconder sua alegria, mas seu rosto me diz tudo o que eu preciso saber; ela fantasiou sobre andar de moto comigo e eu estou prestes a realizar essa fantasia.

— Então acho que te vejo depois — falo para o Noah. Isso o faz sorrir.

Eu me levanto e caminho os poucos passos até a Josie. Estou mais perto do que deveria, especialmente com Nick dentro da casa. Eu me inclino para frente, e meus lábios roçam sua bochecha.

— Você vai adorar o passeio, eu prometo — sussurro em seu ouvido. Por mais que eu queira ver sua expressão, tocá-la acaba comigo. Eu me afasto o mais rápido que posso e recuo para a casa.

Dou partida na moto e faço o motor roncar para ela ter um gostinho de amanhã, e vou embora. Seu cheiro permanece na minha pele, enche meu capacete. Não sei como vou lidar com a Josie na traseira da minha moto amanhã, mas serão meus cinco minutos de paraíso.

Minhas palmas estão suando.

Estou olhando para o relógio.

O ponteiro dos minutos é perversamente lento. Cada minuto ecoa dentro da floricultura. Mandei Jenna para casa mais cedo porque ela ficava rindo de mim, e isso não é engraçado. Eu teria ligado e dito que ia andando para casa, mas não tenho seu número, e não dá para procurar o número de Liam Page na lista telefônica.

Eles ririam de mim do mesmo jeito que Jenna riu o dia inteiro. A diferença é que eles provavelmente iriam gargalhar porque, no serviço de lista telefônica, geralmente trabalham velhas que não têm nada melhor para fazer do que criar dificuldades para gente como eu, quando pedem coisas total e completamente idiotas.

Oh, Deus. Parece a escola tudo de novo.

Toda vez que ouço uma moto do lado de fora, corro para a janela e, quando Jenna dava risadinhas, eu fingia estar arrumando alguma coisa. Eu a odeio hoje.

Limpo as mãos no meu jeans pela milionésima vez. Ele deve chegar a qualquer momento e eu vou dizer que não posso ir com ele porque não tenho capacete e é obrigatório. E mesmo que não fosse, eu não iria arriscar minha vida voluntariamente. Ele poderia me matar por eu ter escondido Noah dele. Quero dizer, isso parece lógico, não parece?

Os sininhos de porta tocam e, antes que eu possa me virar para receber o cliente, sinto seu perfume. Respiro fundo antes de me virar. Não sei por que, mas isso parece um encontro, e super-não-é um encontro. Quero dizer, estou noiva de outro homem e nós vamos nos casar e eu não posso namorar Liam, independentemente da nossa história. Eu preciso desligar meu cérebro.

Quando finalmente coloco os olhos nele, Liam está delicioso, em todo o seu um metro e oitenta. Não está usando a jaqueta de couro preta com a qual já me acostumei e mais uma vez me vejo olhando fixo para seus braços. Minha mente divaga até seu braço esquerdo e, em seguida, para o direito. Meus dedos querem subir e percorrer as tatuagens. Meu coração quer saber se doeram, se ele quer mais.

Ele está me permitindo olhar para ele, beber sua visão, e acho que sei que esta pode ser a última vez que o verei. Ele pode não querer contar a Noah que é o pai dele. Droga, ele pode nem querer saber de Noah depois desta viagem. Não sei se eu quero isso.

— Está pronta, Jojo? — Meu coração vai para as alturas e não deveria. Eu deveria pedir para não me chamar assim, mas não falo nada. Ele está observando cada movimento meu, esperando que eu surte com ele.

— Eu posso ir andando — resmungo.

Liam revira os olhos e balança a cabeça. Quando ele pega minha mão, eu deixo. Assim que me toca, é como mil borboletas esvoaçantes sobre minha pele. Não me sentia assim há anos. Dou dois passos em direção a ele, deixando apenas um pequeno espaço entre nós. Em poucos minutos, vou estar tocando-o e posso não querer mais parar.

Minha mente está nebulosa, mas eu preciso manter meus sentidos claros. Lembro-me de que sou uma mulher comprometida. O homem diante de mim, este homem lindo e sexy que está segurando minha mão na sua, como ele fez tantas vezes antes, é o mesmo que partiu meu coração.

Ele solta a minha mão assim que estamos do lado de fora. Quero abraçá-lo, mas sei que não é a coisa certa a fazer. Ele segura um capacete na mão e sorri quando o mostra para mim.

— Comprei esse para você — ele diz, antes de colocá-lo na minha cabeça. Ele ainda está sorrindo quando arruma meu cabelo do lado de fora. Eu também estou sorrindo, mas ele não vê. — Onde você mora?

Dou meu endereço e o vejo passar a perna por cima da moto e subir nela.

— Coloque a mão no meu ombro e levante a perna por cima da moto. — Faço o que ele diz. Assim que estou acomodada, ele coloca o capacete e dá partida na moto. A vibração dispara arrepios pela minha espinha, e eu sei agora por que as mulheres adoram um homem com uma moto.

Ele coloca a mão para trás e puxa a minha, passando-a na frente de seu corpo. Meu peito pressiona as costas dele, e é como eu imaginava que seria. Apoio meu queixo, tanto quanto posso, no ombro dele e consigo sentir seu corpo relaxar antes de colocar a moto em marcha.

Ele dirige pela Rua Principal, mantendo-se no limite de velocidade, fazendo cada curva até a minha casa com tranquilidade. Nunca pensei que me sentiria tão segura em uma motocicleta.

Ele para na entrada da garagem e desliga a moto. Então, remove o capacete e me ajuda a descer primeiro. Quando tiro o capacete, ele começa a rir e a balançar a cabeça.

— Qual é o seu problema, droga? — eu pergunto ao mesmo tempo em que arrumo meu cabelo. Isto só prova que eu nunca deveria usar capacete.

— Nada, eu só imaginei um milhão de vezes você sentada atrás de mim, mas nunca imaginei que você fosse jogar o cabelo para frente e para trás quando tirasse o capacete.

— Você me imaginou na sua moto? — pergunto, minha voz um pouquinho só acima de um sussurro. Ele faz que sim e coloca o apoio da moto no chão para poder descer.

— Você é a primeira garota que eu já deixei andar de moto comigo. — Ele chega mais perto, seus dedos afastando uma mecha de cabelo do meu rosto, curvando-o atrás da orelha. — A única, Jojo. — Ele se afasta, me dando um espaço muito necessário. Eu preciso entender o que acabou de acontecer.

Entro em casa e ele segue, usando a porta que leva à cozinha e à sala de jantar. Ele olha em volta, observando minha pequena casa. Nick diz que podemos nos mudar depois que nos casarmos, mas Noah e eu vivemos aqui desde que saí da faculdade. Não sei se quero me mudar ainda.

Noah vem correndo do quarto dele e abraça Liam. Deixo-os ter seu momento e entro na cozinha e começo a preparar o jantar. Já fiz a maior parte ontem à noite para que Liam possa passar o máximo de tempo possível com Noah.

— Noah, você terminou sua lição de casa?

— Não, posso terminar depois que o Liam for embora?

— Posso ver sua lição de casa? Talvez eu possa ajudar. — Noah sobe para o quarto, seus passos pesados e sólidos.

— Ô, Noah? — grito.

— Quê?

— Por que não você joga um jogo ou algo assim por alguns minutos, eu preciso falar com o Liam.

— Tá — ele grita de volta. A TV é ligada instantaneamente, o volume do jogo de corrida alto.

— Obrigado por isso, Josie.

Sorrio e faço um sinal afirmativo com a cabeça, sem saber como responder.

— Eu tinha que ir embora amanhã, mas Noah disse que ele tem um jogo na sexta-feira e não quero perder.

Eu ligo o forno e coloco o jantar para aquecer. Faço um gesto para Liam se sentar à mesa. Ele puxa a cadeira para mim, algo que Nick nunca fez. Eu me sento, apertando as mãos na minha frente.

— Você não sabia mesmo? — pergunto. Odeio perguntar, mas preciso saber. Liam nega com a cabeça, seus olhos focando em alguma coisa... qualquer coisa menos eu. Quando ele encontra os meus olhos, vejo a dor: ele está dizendo a verdade.

— Encontrei sua agente, ou sei lá como posso chamá-la — eu começo, odiando que tenha que reviver esse momento da minha vida, quando me senti tão desesperada para falar com ele, quando eu mais precisava dele e ele não estava lá. — Eu deixei mensagem após mensagem, até que alguém finalmente ligou e disse que você tinha pedido para falar que não me conhecia.

Liam alcança minha mão e a puxa para sua testa.

— Eu não sabia. Eu teria vindo para casa e feito a coisa certa.

— O Noah não sabe. Ele sabe que seu pai não é o Nick, mas às vezes é mais fácil para ele dizer às pessoas que é. Não quero que ele sofra, Liam, e tenho medo de que, se deixar isso acontecer, você vai desaparecer amanhã.

— Não vou. Sei que a minha palavra é merda para você, mas vou fazer de tudo para provar que não é. Eu quero ser o pai dele. Ele era para ser nosso, Jojo, e eu fodi tudo.

Não consigo segurar as lágrimas quando ele diz coisas como essa.

Não me admira que ele seja um maldito letrista e faça milhões de mulheres se apaixonarem pela sua música.

— Podemos falar para ele esta noite, se você quiser...

— Eu quero, mas...

— Não, Liam, sem "mas". Eu acabei de falar que não quero que ele sofra.

— Não é assim. Tenho de voltar para Los Angeles e eu ia embora amanhã, mas ele me pediu para vir para o jogo dele, então desmarquei toda a minha agenda desta semana, para que eu possa ficar e vê-lo jogar. Tenho que voltar para o trabalho, mas, quando ele descobrir, eu posso voltar uma vez por mês para vê-lo. Podemos pensar no resto a partir disso.

Eu sabia que o estilo de vida dele ditaria o quanto ele seria pai. Não sei se pensei que ele se mudaria para cá ou não.

— Eu sei — digo suavemente. Quero dizer "e eu?", mas tenho Nick e ele tem sido ótimo para mim e para o meu filho. — Noah vai me odiar. — Liam pega minha mão, me puxando de volta para baixo.

— Ele não vai te odiar; eu não vou deixar. — Aceno e solto sua mão. Levo um momento para me recompor antes de chamar Noah. Ele vem correndo ruidosamente com um sorriso no rosto. Ele é igualzinho ao Liam quando sorri.

Liam olha para cima quando caminhamos para a sala. Se eu não o conhecesse, acharia que ele estava chorando. Nós nos sentamos, com Noah entre nós. Ele olha para Liam, depois para mim, sorrindo.

— Nós temos uma coisa pra te contar.

— Tudo bem — diz Noah. Posso sentir sua perna começar a balançar debaixo da mesa. Abaixo a mão e coloco-a sobre seu joelho, para acalmar seu nervosismo. Josie se mexe na cadeira, aproximando-se mais de Noah. Eu faço a mesma coisa, embora não tenha certeza do porquê. Eu olho para ela e levanto a sobrancelha. Não discutimos quem ia contar a ele. Acho que devia ser ela. Não consigo me ver revelando que sou pai dele. Do jeito que eu tenho sorte, iria sair igual ao Darth Vader, com exceção dos problemas respiratórios.

Josie limpa a garganta e sorri para Noah.

— Lembra quando você me perguntou se Liam era meu namorado? — Noah faz que sim, e sua perna começa de novo. Eu percebo que não vou poder mantê-lo calmo. Diabos, nem eu estou calmo. E tenho anos de prática no estoicismo.

— Bem, Liam e eu namoramos por muito tempo no colégio e então ele foi para a faculdade e não deu certo para nós, mas... — Josie para e pigarreia de novo. Eu sei que isso deve ser difícil para ela, lembrar de como as coisas entre nós eram boas até eu estragar tudo. — Me desculpa por não ter contado antes, querido.

— Me contado o quê? — Noah intervém. Seus olhos escurecem. Percebo que ele não gosta de ver sua mãe chorar. Ele coloca a mão no ombro dela e esfrega.

— O Liam é seu pai, querido. — A voz de Josie falha. Minha perna esbarra na mesa quando me levanto apressado para ficar ao lado dela. Eu me ajoelho e a puxo nos meus braços. Suas lágrimas molham meu pescoço, e seu choro é abafado. Eu sei que não deveria, mas tenho que fazer isso. Beijo abaixo de sua orelha, na bochecha.

— Vai dar tudo certo. Eu não vou embora. Eu prometo — sussurro com cada beijo. Ela levanta o rosto, seus olhos molhados, vermelhos e inchados. Minhas mãos acariciam seu rosto e a puxam para mais perto. Beijo-a em cheio nos lábios. Lábios dos quais senti falta por tanto tempo.

Quando ela começa a se distanciar, eu quero ficar, mas ela não é minha e eu não deveria tê-la beijado, não assim.

— Me desculpe — eu digo. Ela faz que sim e enxuga o rosto com as costas da mão. Volto para o meu assento sem olhar para Noah. Ele acabou de ver um homem beijar sua mãe.

Um homem de quem ela não está noiva.

Arrisco um olhar para Noah, e ele está sorrindo. Não sei por que, mas ele parece uma criança numa loja de doces.

— Desculpe por não ter contado quando você perguntou antes — diz Josie. Seus dedos passam pelo cabelo dele, o que parece relaxar a perna agitada.

Noah dá de ombros.

— Eu já sabia.

Josie e olhamos um para o outro, atônitos. Viramos a cabeça levemente e olhamos para Noah.

— O que você quer dizer com já sabia? — pergunto.

— Lembra daquele dia no museu? — Eu confirmo. — Bem, eu estava olhando uma foto sua e do Mason, e a professora disse que eu era igualzinho a você. E depois, quando te vi no banheiro e falei o nome da minha mãe, você meio que me olhou esquisito. Então eu simplesmente adivinhei.

— Por que você não disse nada? — pergunto.

— Eu não sabia se você gostava de mim ou se queria ser meu pai.

Olhando para o meu filho com lágrimas nos olhos, eu me vejo nessa idade. Estendo a mão e acaricio seu rosto.

— Mas é lógico que eu quero ser o seu pai. Meu Deus, Noah, desde o dia em que te vi, eu tenho incomodado sua mãe para me deixar conhecer você.

— Fui um acidente como Junior Appleton?

— Não — respondo antes de Josie poder dizer qualquer coisa. Os olhos dela ficam arregalados. — Sua mãe e eu conversávamos sobre ter filhos o tempo todo. Eu ia me casar com ela, comprar uma casa linda e nós íamos ter uma família.

Noah olha para Josie, que confirma balançando a cabeça. Quando ele olha de volta para mim, seus olhos são como punhais.

— O que aconteceu?

— Eu fui para faculdade e algumas coisas mudaram. Em vez de levar sua mãe comigo, deixei todo mundo que eu conhecia para trás e fui para a Califórnia para tentar algo diferente. Eu não sabia sobre você até te ver outro dia. Sua mãe... — Olho para Josie e sorrio. — Ela te ama, e tentou me encontrar, então não fique bravo com ela, tá?

— Tá.

— Lembra quando eu disse que tinha que voltar ao trabalho? Eu vou ficar para o jogo desta semana, e depois vou embora. Mas vou voltar e você pode me ligar sempre que quiser para conversar comigo ou fazer uma pergunta sobre futebol americano.

— Posso falar para as pessoas que você é meu pai?

Olho para Josie esperando aprovação. Ela encolhe os ombros. Acho que Beaumont é remota o suficiente para os paparazzi não o perturbarem, mas não tenho certeza. Também não quero que ele sinta que precisa me esconder.

— Você pode, mas ouça, amigão. Existem pessoas que gostam de tirar fotos minhas e acham que podem chegar perto de mim por meio dos meus amigos. Se alguém perturbar você ou começar a te seguir por aí, é só me ligar e eu vou cuidar de tudo, entendeu?

— E precisamos contar ao Nick — Josie diz, passando a mão pelo cabelo de Noah. Pensei que ela tivesse contado, o que explicaria por que ele estava tão bravo ontem. Eu sei que não deveria me importar, mas ele tem criado o meu filho. Eu deveria respeitar seus sentimentos.

— Escute, Noah. Quero que você ouça o Nick e o trate do mesmo jeito, porque ele também é seu pai. Você vai ser um daqueles garotos especiais que têm um conjunto incrível de pais e mãe.

O temporizador no fogão dispara, e Noah dá um suspiro de alívio antes de anunciar que ele está morrendo de fome. Josie levanta com um pulinho e corre para ver o jantar, deixando Noah e eu sentados à mesa.

— Você ama a minha mãe?

— Sim — eu respondo sem hesitação.

— Tipo, ama, aaaaama mesmo?

— Onde você aprende essas coisas? — Não me lembro de saber o que era o amor aos nove anos de idade. Meu único foco era a que distância eu conseguia jogar a bola. As meninas nem estavam no meu radar nesta idade.

— Escola.

— O que mais eles ensinam na escola hoje em dia?

Noah dá de ombros.

— Você a ama como amava antes?

— Sim — eu digo novamente, porque é a verdade. Nunca deixei de amá-la e a ausência me fez amá-la ainda mais. Sou apaixonado por Josephine Preston desde que me lembro e agora estou atrasado demais. — Mas isso não muda as coisas. Sua mãe seguiu em frente e vai se casar com o Nick. Você e eu, no entanto, vamos ser parceiros inseparáveis.

— Posso sair em turnê com você?

Josie chega bem na hora em que Noah faz a pergunta. Não sei como responder, mas tenho certeza de que não vou negar. Josie está me olhando de soslaio, esperando que eu estrague tudo. Ela coloca os pratos na nossa frente e se senta em frente a Noah.

— Talvez — eu digo, pegando meu garfo. — Vai depender de onde eu vou e se é durante o verão. Você não pode faltar na escola e não vai querer perder o futebol. Você joga algum outro esporte? — Avanço no meu jantar e solto uma exclamação de prazer sentindo o frango temperado atingir minhas papilas gustativas. Não como uma refeição caseira há muito tempo. Até a comida na casa da Katelyn era só comida de festa. Isso aqui é jantar de verdade.

— Jogo beisebol porque o Nick gosta, mas eu quero aprender a tocar violão.

— Eu vou te ensinar.

— Você vai? Legal!

A conversa durante o jantar flui bastante bem. Falamos da professora dele e do dever de casa. Ele nos diz que gosta de uma menina na escola, mas não quer falar o nome. Josie e Noah perguntam sobre Los Angeles e como é lá. Conto que é cheio de gente, que o trânsito é horrível, então eu odeio sair da minha casa, e que também faz um calorão. Mas nós temos a Disney e praias legais e o letreiro de Hollywood.

Noah pergunta como se chama o meu gato e eu me sinto envergonhado de confessar que nunca dei nome a ele. Noah diz que é por isso que o gato me odeia e provavelmente ele está certo.

Noah me fala sem parar sobre música e sobre a MTV, me perguntando se eu gosto de aparecer lá. Respondo que não, mas não tenho escolha. Ele diz que ouviu algumas das minhas músicas e que eu sou muito bom. Eu não estava preparado para quando ele perguntou sobre quem eram as minhas músicas. Dei de ombros e voltei a comer. Há algumas coisas que eu não ia responder.

Como ele tem aula no dia seguinte, nosso tempo é abreviado. Noah reclama, mas pergunto se posso ir ver o treino dele no dia seguinte. Lembro-o de que também estarei no jogo desta semana. Josie me convida para jantar de novo e eu aceito mais do que depressa. Eu quero passar tempo com ela, simplesmente porque estar no mesmo lugar que ela me acalma. Também estimula meu lado criativo e mal posso esperar para voltar ao estúdio, mesmo que eu vá deixá-los para trás.

Josie e eu nos sentamos para tomar café quando Noah está na cama e ela define algumas regras. Eu não concordo exatamente, mas entendo o motivo. Sem presentes elaborados ou brinquedos caros. Pergunto sobre um celular e ela diz que sim, contanto que eu pague. Eu rio e depois percebo rapidamente que talvez ela e Nick não estejam dividindo as despesas. Quanto mais penso nisso, mais irritado eu fico. Se ele está vivendo aqui e brincando de papai, por que ela está preocupada com dinheiro? Faço uma anotação no meu celular para fazer um cheque e pagar por dez anos de despesas com a criança.

Deixar a casa da Josie é difícil. Detesto a ideia de que eles fiquem em casa sozinhos, mas ela me assegurou que está acostumada. Mesmo assim, eu não gosto.

Em vez de voltar para o meu hotel, vou para o cemitério. Não voltei lá desde que enterramos Mason, e eu realmente gostaria de falar com ele agora. Mesmo que só signifique que ele esteja ouvindo. Fico surpreso de conseguir achar sua sepultura no escuro, mas encontro. Todas as coroas ainda estão floridas, e me pergunto se Josie tem passado aqui para cuidar das flores todos os dias.

— Então, eu tenho um filho — digo, arrumando as flores por cima da sepultura. — Eu tenho um filho de nove anos que se parece comigo e joga futebol americano. Quarterback, inclusive. Eu acho que é bem legal ser pai. Ainda não sei, porque só descobri por acaso e Josie contou para Noah hoje. Ele parece estar de acordo com isso, até se dar conta de que não vou estar por perto o tempo todo como Nick. Deus, como você foi deixar a Josie ficar com o Nick Ashford? Cara, quando eu o vi no seu funeral, pensei que estava viajando. Mas acho que vocês se tornaram amigos ou algo assim, hein?

Sento no chão, puxando os joelhos junto do peito.

— Me desculpa, Mason. Você nunca vai saber como estou arrependido por deixar você como eu deixei. Eu devia ter ligado ou algo assim, voltado para casa depois de um ano. Tudo o que posso dizer é que sinto muito e que vou ajudar a Katelyn e garantir que tenha alguém cuidando dela. Faço isso por ela, por você e pelas meninas, especialmente a Peyton. Alguém vai ter que ensiná-la o lançamento de cinco passos. Acho que poderia ser eu.

Coloco a mão sobre a pilha de terra e faço uma prece silenciosa antes de ir embora. A viagem de volta para o hotel é longa e solitária. Agora que tenho o Noah e ele sabe a verdade, quero passar todo o meu tempo com ele. Só preciso descobrir como.

Capítulo 20
Josie

Nunca pensei que fosse voltar a sentir alguma coisa por Liam. Esses sentimentos estavam mortos fazia muito tempo, e então eles começaram a vir. Primeiro, foi o jantar que ele trouxe para mim e Noah. Ele já estava em casa e cozinhando quando cheguei do trabalho. Na noite seguinte, eu cozinhei de novo. Ele ficou até tarde e, quando pegou meu filme favorito e uma garrafa de vinho, eu sabia que estava começando a perder o controle. Eu queria mais do que qualquer coisa ficar abraçada com ele no sofá, mas ele não sentava perto de mim. Ficou sentado na cadeira, parecendo desconfortável, enquanto eu me sentei no sofá o mais próximo dele possível.

Na noite em que Nick voltou para casa, eu meio que esperava que Liam estivesse na minha cozinha, mas ele não estava. Tentei não ficar olhando ou prestando atenção nos sons para ver se ele apareceria na minha garagem, mas sabia que ele não viria. Não importava que eu quisesse vê-lo. Ele não estava vindo me ver, de qualquer forma, apenas Noah, e eu precisava aceitar isso. Além disso, tenho o Nick.

E Nick é quem eu quero.

É com Nick que vou me casar.

É com Nick que eu estive pelos últimos seis anos. Dividimos uma casa e criamos meu filho juntos.

Então, por que estou sentada na sala com as luzes apagadas, enquanto ele dorme, olhando minha caixa cheia de Liam? Eu deveria estar lá em cima na cama com ele, mas, desde que ele chegou em casa, eu dormi no sofá fingindo uma dor de estômago. Quando Nick perguntou se eu estava grávida, eu quis chorar. Não porque não queria outro filho, mas porque, se tivermos um, não vai se parecer com o Noah. Não se pareceria comigo e com o Liam.

Meus dedos percorrem a foto de futebol, seu capacete enfiado debaixo do braço. Suas faixas pretas debaixo dos olhos não mostram seu número, mas a palavra Jo. Seus amigos zombaram um monte dele por isso, mas ele não se importava.

— Ei, linda. — Liam me pega. Não posso evitar um gritinho. Virei oficialmente uma das meninas que disse que nunca seria. Oh, meu Deus, eu sou um clichê.

Liam me coloca no chão, girando-me de frente para ele. Suas faixas pretas estão diferentes. Está faltando seu número.

— Você sabe que está usando — Jo— no seu rosto?

— É claro que eu sei. — Diz Jojo.

— Sim, é verdade. — Eu ri de como ele é bobo.

Ele me puxa para mais perto e me beija profundamente. Ele não tem medo de sermos apanhados por um professor. Eu tenho, mas ele prometeu que nada de ruim vai acontecer e eu confio nele.

— Eu amo Jojo mais do que tudo.

— Você ama, hein? Devo me preocupar?

Liam balança a cabeça, um sorriso rompendo sua cena de durão.

— Você é minha Jojo. Só minha — ele diz. Ele me beija novamente antes de correr. Ele está saindo para o campo e eu ainda estou olhando suas costas. Ele tem uma bundinha linda.

— Ei, Jojo? — ele grita.

— Sim — grito de volta.

— Eu vou me casar com você um dia.

Pensei que com certeza ficaríamos juntos para sempre. Pensei que nosso amor era inigualável. Eu quase aceitaria se ele tivesse conhecido outra pessoa e se apaixonado, mas ele não fez isso. Ele simplesmente foi embora. Ele disse que estava sufocando.

Eu tinha um sonho, o sonho americano de tudo perfeito, e nós o estávamos vivendo: a líder de torcida namorando o quarterback e capitão do time. Éramos o casal de pôster romântico por toda a cidade. Todos sabiam que estávamos juntos e que nada ia nos separar. Outras garotas tentaram, mas Liam as dispensava tão rápido que eu sentia pena delas... às vezes.

Nós costumávamos jantar com os pais dele todo domingo à noite, no Beaumont Country Club. A Sra. Westbury era fria como gelo, e o Sr. Westbury só me olhava de nariz empinado. Recorri a eles, quando eu não consegui encontrar Liam, perguntando se sabiam onde ele estava, mas o pai dele disse que estava feliz por Liam finalmente colocar o lixo para fora. Fiquei tão ofendida que falei para o Sr. Westbury que o lixo de Liam estava grávida do neto dele.

— Bem, a prostituta finalmente conseguiu — ele disse antes de bater a porta na minha cara.

Liam não perguntou sobre os pais dele e se eles sabem sobre o Noah. Não sei o que ele vai dizer se eu contar sobre seu pai. Sei no fundo do meu coração que Liam nunca pensou que eu era lixo.

Talvez ele não vá perguntar e eu não terei que falar.

Uma pressão nos meus ombros me acorda. Com um olho entreaberto, eu vejo Nick acima de mim. Uma sensação imediata de pavor toma conta de mim quando abro os olhos e vejo a expressão dele. Eu me sento, puxando a manta ao meu redor. Nick me dá uma xícara de café e se senta ao meu lado.

— Você não vai chegar atrasado no trabalho? — pergunto. Eu sei que eu vou, mas Jenna pode abrir a loja sozinha.

— Liguei para Barbara e disse que ia me atrasar. Pensei que talvez a gente precise conversar. — Ele aponta para a caixa de Liam. A que eu escondi por anos. — Parece que você estava fazendo uma viagem pela estrada da memória.

Bebo meu café cuidadosamente, enquanto penso no que dizer. Não quero mentir para ele, mas não importa o que eu diga, vai parecer uma mentira. É possível estar apaixonada por duas pessoas diferentes? E se meus sentimentos por Liam só tiverem aflorado por causa do Noah, porque finalmente vou ver meu filho com o pai? É amor o que sinto por Liam?

— Mason...

— Não é o Mason que você estava aqui olhando, Josie. Por favor, não me subestime com mentiras. — Nick não quer me olhar. Nós realmente nunca brigamos antes. Houve muitos momentos estranhos, especialmente depois que eu dizia 'não' cada vez que ele me pedia em casamento.

— Desculpa.

Coloco minha xícara na mesa de centro, com cuidado para não usar nenhuma das fotos como porta-copos. Tento não olhar para elas quando as pego, mas uma de Liam chama minha atenção. O suspiro pesado de Nick me desperta do meu devaneio. Coloco a pilha de fotos na caixa e fecho a tampa.

— Você realmente precisa guardar essas coisas? Você vai ver a maioria dessas pessoas na nossa reunião.

— Sim, eu preciso guardá-las — respondo no ato.

— Sério, por quê? Para você se lembrar de todos os bons momentos? É isso?

— O que você quer que eu diga, hein? Que me desculpe por ter guardado essas fotos? Não me arrependo. Ele é o pai do meu filho, Nick, e, quer você goste ou não, ele vai estar por perto muito mais. — Não consigo mais ficar sentada ao lado dele, então levanto e começo a andar de um lado para o outro. Minhas mãos estão tremendo e eu estou muito zangada.

— Que diabos você quer dizer que ele vai ficar por perto muito mais? Por cima do meu cadáver! — Ele se levanta, derramando o seu café. Estou muito grata por ter afastado as fotos, porque agora elas estariam arruinadas.

— Por que estamos brigando? A gente sabia que isso ia acontecer um dia. Se Liam não voltasse, Noah iria perguntar.

— Sim, mas eu pensei que minha noiva teria pelo menos falado comigo antes, para podermos tomar a decisão certa para o nosso filho.

Tento não revirar os olhos por ele falar "nosso filho". Eu sei que estou sendo uma megera, mas fiz o que é melhor para o Noah. Pego um pano de prato e começo a limpar o café.

— Eu tomei uma decisão. Convidei Liam para jantar e contamos para o Noah há algumas noites. Desculpe não ter consultado você. Eu não fiz isso para provocar uma briga. Pensei que estava fazendo a coisa certa.

— Certa para quem? Para você e Liam?

— Certa para o Noah.

Nick anda de um lado para o outro em frente à janela da sala de estar, as mãos entrelaçadas na nuca. Eu ando até ele, colocando a mão em seu ombro. Ele se encolhe e se afasta de mim.

— Você dormiu com ele?

— O quê? Como você pode me perguntar uma coisa dessas? — questiono, incrédula. — Eu só... Sério, Nick, depois de tudo o que passamos, como você pode me perguntar isso?

— Simples — ele diz, virando-se para me encarar. — Eu te peço em casamento de novo e de novo e a resposta é sempre "não". Perguntei depois que Mason faleceu porque não quero mais viver assim. Então, Liam apareceu. Então talvez eu esteja pensando que ele entrou em contato com você e você sabia que ele viria e você planejou tudo.

— Isso não é justo.

— Não, Josie, o que não é justo é que eu venha para casa e passe estas últimas noites na nossa cama sozinho, só para acordar e encontrar você dormindo no sofá com fotos do seu ex por todo lado. Então você joga a bomba de que decidiu, sozinha, contar a um menino que eu criei, quem é o pai dele porque você quis.

— Essa não é a Josephine por quem me apaixonei. Não sei o que aconteceu enquanto estive fora ou o que ele fez para fazer você agir assim, mas não me agrada. — Nick sai de casa estrondosamente, batendo a porta não só na minha cara, mas encerrando a nossa conversa.

Depois que Nick volta do trabalho, vamos para o campo. Liam vai embora hoje à noite, depois do jogo, então esta é a última vez que ele e Noah vão se ver por algum tempo. Liam comprou um iPhone para ele e eu pensei que ele fosse ser discreto, mas me deu um cheque de uma quantia absurda de dinheiro. Ele me disse para guardar, se eu não precisasse, para usar em uma emergência ou gastar com Noah do jeito que eu quisesse.

O humor de Nick não melhorou quando viu Liam no campo. Noah correu para ele e pulou em seus braços. Ouvi Nick murmurar algo ininteligível, mas o ignorei. Não fui falar com o Liam, mas Peyton foi. Eles ficaram juntos, ela em seus ombros, e ficaram vendo Noah jogar.

Quando acabou, Noah saiu do campo e foi direto para junto de Liam, irritando Nick. Eu quero que Nick seja compreensivo. Eu entendo por que ele não é, mas o que está feito está feito. Não há como voltar. O pai de Noah vai embora e não vai voltar por sabe-se lá quanto tempo. Nick podia pelo menos lhe dar uma chance de dizer adeus.

— Noah, vamos — Nick chama, contrariado, jogando o equipamento na caçamba da caminhonete. Liam balança a cabeça e caminha em direção a nós, com Noah bem ao lado dele. Não consigo acreditar no quanto eles se parecem.

— Então, vou estar de volta no mês que vem para passar uma semana. Assim que eu souber em qual semana, ligo e aviso, está bem? — Eu concordo, incapaz de encontrar minha voz. Não quero que essa reunião termine.

— Você se cuida, hein? E ouça o Nick, como discutimos. — Ele se abaixa e abraça o filho. O filho que ele acabou de conhecer e agora está deixando.

— Tchau, pai — Noah diz antes de correr para a caminhonete. O olhar no rosto do Liam deve coincidir com o meu.

— Não se preocupe, Jojo — ele sussurra para mim. Ele dá um beijo na minha bochecha antes de ir andando.

— Cuida da minha família, Nick — Liam diz ao deslizar o capacete na cabeça e abafar a resposta atravessada do Nick.

Eu vejo a moto de Liam voar baixo pela estrada. Quando meus olhos encontram os de Nick, ele está olhando feio para mim. Ele balança a cabeça e dá um soco na caminhonete.

Acho que acabei de perder meu noivo.

Capítulo 21
Liam

É bom estar de volta ao meu estúdio. Desde que voltei, estou compondo como um louco. Acho que, neste momento, tenho o suficiente para um novo álbum. Hoje, o meu baixista, Jimmy, e meu baterista, Harrison, estão vindo para fazer algumas melodias.

Eu deveria estar feliz, mas não estou. *Foi por isso que deixei minha vida para trás.* Estou impaciente pra caralho e quero voltar para Beaumont. Os primeiros dias depois de voltar foram questionáveis. Tentei ligar para o Noah algumas vezes, mas não tive coragem. E se ele não quisesse falar comigo agora que eu fui embora?

No momento em que vi seu rosto aparecer na minha tela, eu sabia que não era o caso. Quando atendi, ele parecia feliz, alegre, fazendo um monte de perguntas sobre Los Angeles e sobre o estúdio. Ele me pediu para mandar fotos do gato, e eu mandei.

Agora, conversar com ele sempre parece pouco. As horas que ele está na escola e a diferença de fuso-horário me deixam ansioso. Os fins de semana agora são meus amigos.

E eu odeio as segundas-feiras, que matam efetivamente minha alegria de passar horas conversando com o meu filho. Ainda não contei para a banda, mas eu vou. Só quero manter Noah para mim um pouco. Harrison é o único outro pai por perto; ele tem um menino de sete anos de idade. Quinn é o produto de uma aventura de uma noite só que resultou em um bebê que a mãe deixou na porta de Harrison, enrolado em um manto azul. Papai instantâneo.

Quando vejo o rosto de Josie no meu identificador de chamadas, sinto pânico. Algo deve estar errado com Noah, caso contrário, ela não ligaria. Não nos falamos desde que fui embora. Não é que eu não deseje, mas não quero estragar as coisas entre ela e Nick.

— Alô?

— Oi. — Ela está sem fôlego. Fecho meus olhos e conto até dez. Ela não pode falar comigo assim. Me mata que ela não seja minha.

— Tud... — O jeito que ela disse "oi" fez minha voz travar na garganta. Eu preciso me controlar. Foi apenas uma palavra comum de duas letras. Não significa nada. — Tudo bem?

— Hoje é segunda-feira. — Ela diz como se fosse significar alguma coisa para mim. Quebro a cabeça, me perguntando se o Noah tinha mencionado algo específico sobre esta segunda-feira.

— Geralmente vem depois do domingo — digo, na esperança de deixar seu humor mais leve.

— Mason manda uma dúzia de rosas para Katelyn todas as segundas-feiras e hoje será o primeiro dia que ela não vai receber as flores desde... — Se eu não soubesse, acharia que ela estava chorando.

— Bem, não podemos deixar a Katelyn sem a entrega de flores dela, podemos? — Abro a internet e digito o endereço das floriculturas virtuais. Escolho um buquê de lírios ao invés de rosas e peço para ser entregue pela loja da Josie. — Pronto.

— O que você quer dizer?

— Quer dizer que eu encomendei flores para ela. Ela vai receber uma entrega todas as segundas-feiras durante um ano.

— Liam... — A voz dela falha e agora eu sei que ela está tentando controlar suas emoções. Essas últimas semanas têm sido difíceis para ela. A Josie que eu conhecia sempre foi forte e confiante, então ela perdeu Mason e eu voltei, criando o caos. Ficamos no telefone por mais alguns minutos antes de ela ter que ir atender ao meu pedido. Desligar a ligação dela é a última coisa que eu quero fazer, mas o trabalho nos chama.

Quando os rapazes chegam, eles parecem felizes. Essas miniférias devem ter feito bem a eles. Nós sentamos e eu mostro as músicas em que estou trabalhando. Harrison começa a rir de algumas delas e ganha um soco de Jimmy. Eu me sento estoicamente, esperando que eles digam alguma coisa.

— Você se apaixonou enquanto estava fora? — Harrison pergunta. Sim, mas eu nunca me desapaixonei. Ela só me mostrou o que eu estava perdendo todos esses anos.

— Não, vi muitos velhos amigos. Meu amigo morreu e deixou para trás uma esposa e duas filhas. Acho que isso mexeu comigo.

— Bem, eu gosto delas — Jimmy diz. — Fazer a melodias dessas músicas não vai demorar nada. Já tenho algumas ideias.

Levamos para o estúdio e começamos a fazer um *brainstorming* com sons diferentes. A maioria das canções pode acabar virando balada, mas queremos ficar longe disso. Precisamos acrescentar uma *vibe* rock para manter nossos fãs interessados. Se eu fizer um álbum romântico, as pessoas vão achar que amoleci.

— *Painkillers* tem que ser uma música lenta — digo quando Jimmy começa a cantar.

— Por quê? A gente podia estragar ela.

Nego com a cabeça.

— Essa eu quero lenta. Quero que as pessoas sintam as palavras e o que elas significam. Não quero que se percam nas vibrações barulhentas.

Painkillers é a primeira faixa em que vamos trabalhar. Leva apenas algumas tentativas antes de eu estar contente com a melodia. Vou ter que pressionar Sam para fazer desta música o nosso primeiro *single*. Eu quero lançá-la assim que possível.

Depois que os caras vão embora, à noite, eu começo a mixar e tocar *Painkillers* repetidamente até eu ficar feliz. Decido que vamos tentar de novo amanhã, antes de gravarmos a versão final.

Papéis pousam na minha mesa de mixagem. Desligo a faixa e continuo com os fones. Quero me ouvir cantar para a Josie. Essa música precisa ser perfeita. Sam está encostada na mesa, o que me irrita, porque ela sabe que não deve relar nas minhas coisas.

— O que é isso?

— O que você quer? — pergunto.

— Você ia me dizer que estava de volta à cidade?

Eu me afasto dela e mexo nos papéis que ela jogou.

— Você é minha empresária, não minha mãe. Você cuida dos meus negócios, não da minha vida pessoal, Sam.

— Bem, este é o meu trabalho. — Ela pega as pilhas de papéis e começa a folheá-los. — Vamos ver... "Liam Page tocando no Ralph's. De graça". "Meu Deus, Liam Page é tão lindo. Show grátis no Ralph's". Ah, e a minha favorita: "Liam Page estreia música nova em um pub local".

— Vá direto ao ponto. Estou ocupado.

— Isso! — Ela balança os papéis na minha cara. — Esse é o meu ponto! Você estava fora fazendo sabe Deus o quê com Deus sabe quem e decidiu dar um show de graça sem me consultar. Jesus, Liam! Você sabe o quanto isso é o pesadelo de uma relações públicas?

Eu me recuso a responder porque, para começar, ela nunca entenderia o motivo de eu ter feito o show. Ela não sabe ser boazinha para nenhum dos amigos dela. Tudo gira em torno de "o que você pode fazer por mim" e eu não quero ser essa pessoa. O show foi um sucesso, e Ralph teve um ótimo faturamento naquela noite. Não me arrependo de nada.

— Você está me ouvindo?

— Na verdade, não. Estou tentando trabalhar.

— Eu sabia que voltar àquela cidade de merda era um erro. Talvez eu devesse ir conhecer Beaumont para ver o motivo de toda essa animação.

Coloco meus fones e me levanto para ficar de frente para ela.

— Qual é o seu problema?

— Você, Liam. Estou farta deste jogo de gato e rato que nós jogamos. É hora de tomar uma decisão.

Eu começo a rir e minha raiva vai aumentando.

— É você que está fazendo jogos. Não estou a fim de você. O que fizemos foi um erro, Sam, um momento muito fraco da minha parte, porque você estava disponível e disposta a me dar o que eu queria.

— Você não está falando sério — ela geme. Coloco as mãos no bolso, procurando meu telefone. É hora de eu ligar para o Noah. Saio de perto dela, até que ela agarra meu braço. — Liam, o que nós tínhamos era especial.

— O que tínhamos era sexo, nada mais.

Eu a deixo parada no estúdio. Preciso controlá-la antes que ela comece a botar as asinhas de fora. Ultimamente, ela anda mais possessiva e está começando a me assustar. Eu nunca deveria ter misturado negócios com prazer e ela era estritamente negócios.

Ando pelo corredor até estar bem longe do estúdio. Agachando-me, pego meu telefone e ligo para Noah.

— Oi, pai — ele atende antes que o primeiro toque seja concluído. O som da sua voz dispara calor pelo meu corpo. Eu quero gravar sua voz para poder reproduzi-la o tempo todo.

— E aí, amigão? Como foi a escola?

— Bem. Eu tenho que fazer um relatório de história, mas minha mãe disse que vai me ajudar.

— Que bom. Você sabe que eu ajudaria se estivesse aí, não é?

— Sim, eu sei. — Quando ele fala, eu sei que é sério. Não consigo detectar nenhuma chateação na voz dele. — Posso te fazer uma pergunta?

— É claro. — Meus joelhos começam a doer, então eu me levanto e encosto na parede com meus discos de ouro.

— Sua mãe e seu pai querem ser meus avós?

Eu endureço com a menção dos meus pais. Não falo com eles desde a noite em que fui embora. Meu pai me disse que eu era uma desgraça e idiota por desistir do futebol americano e seguir na música. Disse que eu nunca conseguiria. Minha mãe só ficou ali, com um copo de vodca na mão.

— O que você está fazendo em casa?

Você sempre sabe que é bem-vindo em casa quando é recebido assim. Sterling dobra o jornal e o coloca na mesa. Em seguida, tira os óculos. Bianca está no vestíbulo, seu copo de vodca permanentemente manchado com seu batom vermelho escarlate.

— Eu preciso falar com vocês.

— O que você fez, Liam? Está em algum tipo de problema?

— Não, senhor. Eu... — Não consigo olhar para ele. Ele sempre me olhou de nariz empinado, me fazendo sentir como se eu tivesse meio metro de altura. — Eu saí da faculdade.

— Obviamente, você pode retornar pela manhã.

Nego com a cabeça.

— Não posso voltar. Larguei.

— Como assim, largou? — ele berra, fazendo minha mãe dar um pulo, e o gelo tilintar no copo.

— Eu pensei que seria diferente e não é, e eu tenho falado com a vovó Betty...

— VOCÊ O QUÊ? Acha que eu te criei para ser um Westbury, para você se associar com esse tipo de lixo?

— Lixo? Ela é mãe da sua esposa. — Aponto para minha mãe, que não tem expressão nenhuma no rosto. — Meu Deus, qual é o seu problema? Ela é da família. Eu sei o que você fez. O que vocês dois fizeram. Mãe, você desistiu dos seus sonhos para se casar com ele. — Aponto para o meu pai. — E você a obrigou. Por quê? Por que os sonhos dela não eram tão importantes quanto os seus? Olhe para ela! Ela é um maldito robô.

— Betty claramente é venenosa, se foi isso que ela te contou. Então me diga, espertalhão, quais são seus planos?

— Eu vou ficar um tempo em Los Angeles para tentar carreira na música.

Sterling começa a rir. Uma risada maníaca. Bianca entra na sala e enche o copo. Ela precisa revestir o fígado do seu remédio para conseguir fazer alguma coisa. Típico.

— Se você não retomar a faculdade imediatamente, não volte mais aqui.

— Você está me expulsando de casa só porque eu quero seguir um sonho?

Sterling pega seu jornal e o abre, cruzando a perna.

— Não, Liam, eu estou simplesmente te informando das suas opções. Você tem duas: pode voltar para a faculdade, falar com o seu treinador e garantir seu lugar na equipe, ou pode sair por aquela porta, perder seu fundo de investimento e esquecer que é um Westbury.

— Não sei, amigão. Vamos falar sobre isso quando eu voltar, tudo bem? Meus pais... eles são difíceis às vezes e nem sempre nos damos bem.

— Tá. O que vamos fazer quando você chegar aqui?

— Bem, eu pensei que poderíamos procurar uma casa. Não quero ficar em um hotel e estava pensando que talvez sua mãe deixaria você ficar comigo quando eu estiver aí, mas tenho que falar com ela sobre isso, tá? Você não precisa tocar no assunto. Eu vou cuidar de tudo. Tenho que desligar, então a gente se fala amanhã.

— Boa noite, eu te amo, pai.

— Eu também te amo.

Deslizo pela parede depois que Noah desliga. Eu sabia que meus pais iriam vir à tona mais cedo ou mais tarde, eu só esperava que fosse muito, muito mais tarde.

Passo as mãos no cabelo. Acho que vou deixar crescer do jeito que a Josie gostava, talvez então ela vá olhar para mim com olhos diferentes. Não vou mentir, eu quero minha garota de volta.

— Você engravidou alguém?

Eu me viro para ver Sam parada no corredor, com as mãos nos quadris. Ela está zangada.

Capítulo 22
Josie

Passado o Halloween e com a contagem regressiva para o retorno de Liam, Nick está no limite. Ele não mudou muito desde que Liam foi embora da última vez e não é como se eu não tentasse. Ele está tenso e estressado. Ele diz que é o trabalho, mas sei que sou eu. São minhas ações e a falta de respeito por seus sentimentos. Eu coloquei uma pressão desnecessária em nosso relacionamento e não foi justo para ele.

Eu me joguei no trabalho; tanto quanto eu pude, pelo menos. Decidi expandir e aluguei o prédio ao lado para ter mais vitrines. Eu pretendo acrescentar um café e trazer música ao vivo. Quando mostrei ao Nick meu plano de negócios, pensei que ele ficaria feliz. Eu estava errada. Ele me acusou de criar um lugar para Liam tocar sempre que ele quisesse. Quando eu gentilmente lembrei-o de que Liam Page não precisa de mim para nada, ele bufou e saiu da mesa.

Éramos parceiros até eu estragar tudo. Agora preciso resolver e não sei como. Todo mundo diz que a gente passa por um período difícil na vida, mas isso é mais como um machucado de asfalto que não cicatriza e eu preciso que passe, pois sinto falta do Nick e odeio que ele esteja sofrendo por minha causa.

Quando Jenna chega, o empreiteiro está logo atrás dela, olhando para sua bunda. Alguns homens são tão grosseiros. Ela vem para trás do balcão e guarda a bolsa no armário antes de voltar sua atenção para ele. Ela acha que ele é um cliente e pode ser apenas isso, depois de hoje. Talvez eu possa suborná-la a sair com ele enquanto a reforma está acontecendo, para ver se consigo um desconto.

Acabei de me transformar não só em uma noiva de merda, mas em uma amiga igualmente má. Eu preciso de ajuda.

— Olá, Harry — eu digo atrás de Jenna.

— Oi, Josie — ele responde, olhando para Jenna. Estalo os dedos para chamar a atenção dele. Leva uma eternidade para seus olhos finalmente encontrarem os meus. Ótimo, agora ele vai se distrair com a Jenna o tempo todo em que estiver aqui.

— Vamos discutir meus planos no salão ao lado — digo, pegando as chaves e andando ao redor do balcão. Puxo a manga da sua camisa para que ele me siga, e não solto até que estamos em segurança do lado de fora. Dou um tapa no braço dele. — Que diabos, Harry?

— Ela é linda.

— Sim, mas pode tirar o cavalinho da chuva. Você está aqui para trabalhar e ela não namora, então não tenha ideias. — Eu abro a porta do salão ao lado, e Harry me segue quando entro. Gosto do trabalho dele. Ele reformou a floricultura para mim e sei que posso confiar nele.

— Eu estava pensando em abrir a parede aqui. — Aponto para a parede adjacente. — E fazer a dos fundos de refrigeradores ou colocar uma entrada ali naquele canto. Este lado do salão — digo, indo para o outro lado — tem um acesso para o quintal, então eu gostaria de poder ter uma estufa. E no canto perto da segunda janela eu gostaria de colocar um palco para shows. O balcão vai ficar bem ali. — Aponto para a parede oposta.

Harry começa a fazer anotações e a medir as paredes. Ele bate nelas com os nós dos dedos e escreve notas onde vai batendo.

— Posso começar amanhã se você estiver pronta?

— Estou pronta — respondo rapidamente. Estou ansiosa para começar e trazer um novo aspecto para o meu negócio.

— Você vai querer uma placa nova para a frente?

Confirmo com a cabeça.

— Sim, acho que sim. Eu encomendo os equipamentos e você pode cuidar do resto?

— Uh-hum — ele diz enquanto escreve no seu bloco de notas. — Eu vou ter que contratar alguém para instalar um sistema de som.

— Tudo bem, Harry. Eu confio em você. — Deixo-o para concluir sua avaliação do local e volto para a loja. Vai ser legal quando não tiver mais a parede. Eu sei que a minha ideia é extravagante, mas tenho uma visão e pretendo me certificar de que seja bem-sucedida.

— Quem era aquele? — Jenna pergunta logo que entro. Não posso dizer pela expressão dela, se ela estava feliz em ser encarada daquele jeito ou enojada.

— Aquele era o Harry, o empreiteiro que vai trabalhar na expansão. Eu falei pra ele tirar o cavalinho da chuva em relação a você.

— Que bom, obrigada. Quero dizer, eu sei que já estou aqui há três anos, mas não estou pronta. — Ela junta o buquê em que está trabalhando e enrola em papel roxo e dourado. Adoro que a gente permita que os clientes opinem sobre as diferentes cores de papel. A maioria das floristas só oferece verde ou papel jornal. Eu gosto de dar personalidade às minhas flores.

— Trouxe uma coisa pra você que chegou no meu e-mail hoje de manhã — Jenna diz, apontando para o balcão. Pego o pedaço de papel, leio a manchete e olho para ela.

— O que é isso?

— Quando comecei aqui, eu me inscrevi nessas *newsletters* de floristas. Não queria pensar que você nunca poderia tirar uma folga, então eu precisava aprender. Enfim, chegou hoje e pensei que talvez te interessasse.

Apoiada no balcão, li sobre a convenção. Oportunidade de fazer aulas, oficinas e participar de uma feira, tudo em um só lugar conveniente, é o que diz. Nunca fui a um evento desses antes, mas, com a expansão, talvez seja hora de começar a aumentar a minha base de conhecimento.

— Eu deveria ir.

— Sim, deveria — ela responde. Quando a olho, ela está sorrindo de orelha a orelha.

— O quê?

— É em Los Angeles, na semana que vem.

Olho de volta para o papel. Com certeza é. Meu coração bate um pouco mais rápido com o pensamento de ver o Liam. E se eu o visse andando na rua? Ele me abraçaria se me visse ou iria me ignorar? Estou sendo boba. É um lugar enorme. Eu nunca vou cruzar com ele.

— Você deveria ir — ela diz, colocando a mão no meu braço. — Você e o Nick precisam de um tempo. Talvez alguns dias de distância faça bem.

— Jenna...

Ela ergue a mão e eu paro de falar. Sua cabeça balança ligeiramente.

— Não, Josie. Não estou dizendo para ir lá e trair o Nick. O que estou dizendo é: vá trabalhar e, se você encontrar o pai do seu filho para jantar ou tomar um café para discutir as festas de final de ano, então que assim seja. Só não se negue essa oportunidade.

Jenna vira as costas e termina as encomendas. Eu me levanto, o quadril apoiado no balcão, lendo as palavras borradas de novo e de novo. Tudo que consigo pensar é em ver Liam, mas sei que isso faria Nick sofrer e me recuso a machucá-lo mais do que já machuquei.

Fico sentada no escuro, ainda agarrando o folheto. Jenna já foi embora há muito tempo, o sorriso idiota ainda colado no rosto quando ela fechou e trancou a porta ao sair. Eu queria perguntar por que ela me deu isso, mas nunca consegui colocar as palavras para fora.

Meu polegar paira sobre o nome do Liam. Não sei se eu deveria ligar. Se ele disser que não é uma boa ideia ou me pedir para ir, mas estiver ocupado? Será que aguento a rejeição?

Dou um pulo quando ouço uma buzina. Meu polegar inadvertidamente atinge o botão de chamada, e o rosto dele com o de Noah aparece na tela. É uma foto que tirei quando nenhum dos dois sabia que eu estava na sala. Minha mão treme quando levo o celular ao ouvido. Ouço os toques e espero que ele não atenda.

— Alô. — Ele não parece sem fôlego ou apressado quando atende. É apenas calmo e muito Liam.

— Liguei sem querer — eu digo, quase inaudível.

— Fiquei feliz que você ligou. Gosto de ouvir a sua voz.

— Você não deveria dizer coisas assim para mim.

Ele ri.

— Bem, se você espera que eu minta ou mantenha minhas emoções sob controle, isso não vai acontecer. Então, a que devo o prazer da sua ligação? Estou muito feliz em ouvir sua voz.

— Meu Deus, você é tão gentil assim com todas as suas mulheres?

— Não há mulheres, Josie. Eu juro. Então, e aí?

— Eu estou pensando em ir a Los Angeles para uma feira e queria saber se você quer tomar um café.

Liam fica em silêncio por um momento. Eu posso ouvi-lo respirar, então sei que não desligou na minha cara.

— Você vai trazer o Noah?

— Não, é na semana que vem e ele tem um acampamento de escoteiro. Seria só eu. Quero dizer, se você estiver ocupado e não tiver tempo, eu entendo. Eu sei que é em cima da hora e que você provavelmente tem um monte de festas e sei lá...

— Josie!

— O quê?

— Fica quieta por um minuto, credo. Eu quero ver você, Jojo. Vou dar um jeito. Onde você vai ficar?

Desdobro o folheto e olho. Digo onde é e ele começa a dar risada.

— O que é tão engraçado?

— Nada, é só que eu moro no andar superior.

Vou passar o fim de semana no hotel do Liam. Acho que estou numa encrenca.

Capítulo 23
Liam

Hoje a Josie está em Los Angeles. Na verdade, ela está lá embaixo no centro de convenções. Eu sei que isso não deveria ser a única coisa na minha mente, mas é. Peguei uma das programações do evento em que ela vai comparecer para poder ter minha agenda livre. Já cancelei duas entrevistas, o que não agradou nem um pouco a Sam. Ela exigiu, em um tom bem estridente, que eu deveria contar quem eu tinha engravidado enquanto estava fora para que ela pudesse fazer controle de danos. Falei repetidas vezes que ninguém está grávida, mas ela não acredita. Sua obsessão com gravidez está começando a me assustar.

Eu queria encontrar a Josie no aeroporto, mas não me atrevi a perguntar quando o voo dela iria chegar. Preciso tentar manter a calma mesmo que eu esteja tentado a visitar aquela parte do hotel e ver se consigo encontrá-la. Vamos jantar esta noite na minha cobertura. Não vou tirá-la deste hotel se eu puder. Não quero seu rosto espalhado por todas as colunas de fofoca e programas porcaria de TV. Eu nem quero que a imprensa saiba o nome dela. Eles vão começar a cavar e isso vai colocar Noah em perigo.

Mas eu não deveria trazê-la para o meu apartamento. Sei que é um erro, mas, desde que a beijei na noite em que contamos ao Noah sobre eu ser o pai dele, não consegui parar de pensar nela. Sei que ela está fora dos meus limites. Eu sei que ela vai se casar com outro homem, mas sou masoquista, porque tê-la na minha casa é suficiente para mim, mesmo que eu não possa tocá-la como eu quero.

Olho para o gato sem nome sentado no parapeito da janela e tenho que rir. Noah mal pode esperar para conhecê-lo. Comecei a procurar casas em Beaumont, algo para mim e Noah. A maioria das casas de lá tem um bom tamanho, mas eu quero um belo quintal espaçoso e alguma coisa com um porão que eu possa transformar em um estúdio com isolamento acústico. Por mais que eu fosse adorar tirar uma semana de folga por mês, os prazos estão se aproximando e este novo álbum está tomando forma bem depressa. Isso significa que Sam vai agendar outra turnê e nos colocar de volta na estrada e mais longe de Noah. Eu deveria ter demorado com essas músicas.

Uma batida e o anúncio de serviço de quarto colocam um sorriso no meu rosto. A recepção sabe que deve entregar à Josie um cartão de acesso ao meu andar quando ela se apresentar lá daqui a alguns minutos. Meus nervos estão à flor da pele.

Assim que abro a porta, encontro um dos meus entregadores de sempre. Isso é bom e ruim. Bom, porque o conheço. Ruim, porque ele sabe que eu como sozinho e que definitivamente não vou comer sozinho esta noite.

— Esperando companhia esta noite, Sr. Page? — ele pergunta, empurrando o carrinho de serviço na minha suíte.

— Não, Michael, apenas uma reunião.

— Este é um jantar elegante e romântico para uma reunião.

— Ela vai escrever um livro. Preciso ter certeza de que ela faça tudo do jeito certo. Não quero ser mal interpretado — minto entre os dentes.

— Entendi, Sr. Page. Onde o senhor quer que deixe?

Quero dentro do quarto, mas não é uma opção. Na varanda é onde nós vamos comer, mas não quero que o serviço de quarto saiba disso. Não tenho dúvida de que Michael vai fofocar quando voltar lá para baixo.

— Vamos comer na mesa — digo. Ele faz que sim e empurra o carrinho para lá, pegando as travessas e servindo. Olho para o meu relógio, contando os segundos. Ele parece estar se movendo extremamente devagar. Ela vai aparecer a qualquer momento.

— Coloquei a garrafa extra de champanhe na sua geladeira, senhor.

— Obrigado, Michael. — Eu entrego sua gorjeta e ele sai. Dou um suspiro de alívio. Agora eu só preciso da Josie.

Uma batida suave me faz correr até a porta. Olho para o que estou vestindo e bato a cabeça no meu punho. Eu tinha que ter me trocado. Vamos ter um jantar legal e eu vou aparecer de jeans e camiseta. Abro a porta e minha respiração para. Diante de mim está a minha garota. Seu cabelo está preso em um coque, algumas mechas soltas ao redor da cabeça. Ela está com um vestido vermelho com decote em V que está me mostrando todas as curvas de que me lembro e algumas novas que acho que preciso aprender. O vestido dela termina nos joelhos e logo depois encontra botas pretas altas. Uma imagem minha de joelhos com o zíper na minha boca passa como um lampejo diante dos meus olhos. Definitivamente algo que eu quero tentar... um dia com ela...

— Meu Deus, Jojo. Você está linda.

Ela fica vermelha e passa as mãos na frente do vestido. Afastando-me para deixá-la passar, inspiro fundo quando ela passa, para que eu possa sentir seu perfume. Flores puras, muito Josie. Quando ela passa, meus olhos se deleitam com seu traseiro, e eu engulo com força.

Eu bato a porta e a faço dar um salto. Quando ela se vira, seu rubor ainda não diminuiu e eu espero que seja porque eu causo isso nela e não porque ela está arrependida de estar na minha suíte.

— Desculpe, não queria te assustar.

— Não tem problema. Só estou um pouco nervosa hoje.

Entendo o nervosismo. Eu o senti hoje o dia todo. Eu a guio até a sala de estar. Seus olhos ficam arregalados quando ela tem uma visão da janela panorâmica.

— Uau, Liam isso é... — Ela vai até a janela e me deixa parado aqui, dando-me a oportunidade de vê-la observar as luzes fortes de Los Angeles. Ela balança a cabeça, sua mão cobre a boca.

— O que foi? — pergunto, mantendo distância.

— Posso ver por que você me deixou. É lindo.

— É bem espetacular à noite, quando está desse jeito; durante o dia, nem tanto. — Chego atrás dela e coloco minha mão suavemente em seu quadril. — Olhe ali. — Aponto para onde os holofotes estão iluminando o céu. — Aquilo ali é uma estreia de filme. Deve ter uns milhares de fãs gritando lá embaixo neste momento.

— Você já foi a alguma? — pergunta. Ela fecha os olhos e inclina a cabeça no meu ombro. Tenho que me lembrar de ser um bom garoto.

— Já fui. É uma loucura. — Eu a seguro assim por um momento, desejando que pudesse ser a noite toda. — Josie, o que você disse, sobre eu deixá-la por isso, não é assim. Eu queria você comigo a cada minuto de cada dia, mas não pensei que você viria.

Ela não responde e faz o impensável, afastando-se de mim para olhar pelo espaço. Ela toca meu Grammy, meus discos de ouro e as capas de álbuns que tenho na parede.

— Você se saiu muito bem sozinho.

— Eu estava determinado. Tinha muito a provar.

— A quem?

— A mim, principalmente. — Eu a levo em direção à mesa, puxando sua cadeira. Ela se senta e eu empurro-a de leve para frente. Ela puxa o guardanapo sobre o colo, enquanto sirvo taças de champanhe. — Desculpe não ter posto uma roupa melhor. Este é o meu traje de sempre até eu estar em um desses eventos. — Faço um gesto para a janela.

— Você vai frequentemente?

Eu retiro as tampas de nossa comida e me sento.

— Depende do que tenho acontecendo no momento. Se tenho um novo álbum que vai sair, eu vou. É publicidade gratuita... e vou poder anunciar a data de lançamento ou falar sobre o *single* que está tocando nas rádios. Tive que ir algumas vezes porque eu, bem, na verdade, a minha *banda* contribuiu para a trilha sonora.

Josie fica em silêncio por alguns minutos. Ela se concentra em sua comida e me pergunto se eu disse algo errado. Espero que não tenha feito isso, mas ela tem que ver como minha vida é diferente aqui do que poderíamos ter em Beaumont.

— Posso te fazer uma pergunta?

— Claro — ela diz, antes de tomar um gole de champanhe.

— Você teria gostado de tudo isso? As luzes, o barulho, as longas horas e viagens. Não ser capaz de viver uma vida pacífica. Não poder andar na rua sem que alguém tire a sua foto. Você se preocuparia com o quê ou quem você iria vestir em uma première e as pessoas seriam suas amigas por quem você é ou por causa de com quem é casada. É algo que você conseguiria se enxergar fazendo?

Josie baixa o garfo e leva o guardanapo aos lábios. Quando o afasta, ela sorri para mim.

— Se você está me perguntando hoje se eu poderia viver assim, a resposta é não. Eu vivi uma vida tão tranquila nos últimos dez anos que não saberia o que fazer com tudo isso, se eu tivesse que fazê-lo agora. Mas, se você tivesse me falado que me daria uma opção de nunca mais ver você ou me mudar para cá para que você pudesse tentar a carreira de música, eu teria vindo com você. Eu teria largado tudo naquela noite, porque você era a minha vida, Liam.

— Não pensei que você o faria e eu não queria ouvir você me dizendo não ou me desmerecendo por querer algo diferente. Eu precisava tentar isso.

— E agora que você tentou?

Nego com a cabeça. Não há nenhuma resposta certa para isso. Não importa o que eu diga porque perdi dez anos com ela e com nosso filho.

— Eu amo minha vida, Jojo, e odeio tudo isso ao mesmo tempo. Eu amo o que faço: fazer música e entreter as pessoas. Eu compus um álbum inteiro inspirado por você e pelo Noah em duas semanas. Esse mero sentimento é indescritível para mim. — Eu me inclino para frente e puxo a mão dela na minha. — Mas não ter você na minha vida foi difícil. Sinto falta de tudo a respeito de você e acordo de manhã pensando "O que eu fiz?" porque eu tinha a garota mais linda nos meus braços e desisti dela por... isso? — Abro meus braços. — Eu moro em um hotel porque é conveniente. Eles fazem minha comida, limpam, lavam roupa se eu quiser que façam isso. Tem alguém que dita que entrevistas eu posso dar e roupas de qual grife vou usar. Sou a maldita marionete dela porque eu a pago para fazer esse trabalho e eu penso em desistir, mas depois me lembro por que eu faço isso e não posso.

— Você é realmente bom no que faz.

— Obrigado — digo, trazendo sua mão aos meus lábios. Salpico pequenos beijos pelos nós dos dedos. Relutantemente, solto sua mão e nos sirvo um pouco mais de champanhe.

— Quer me embebedar?

Dou meu olhar patenteado. A boca dela se abre, os olhos congelam. Josie acaba de conhecer Liam Page.

Capítulo 24
Jasie

Consegui evitar a maioria dos olhares do Liam até este. Eu sei que estou boquiaberta como um peixe, minha língua, seca. Eu cruzo as pernas para apaziguar o palpitar entre minhas coxas. Me arrumo na cadeira e ele sorri, balançando a cabeça. Ele se levanta e para atrás de mim.

— Qual é o problema, Jojo? — ele sussurra sedutoramente, seu nariz roçando atrás da minha orelha, tornando a respiração difícil e instável. Quando ele morde minha orelha, eu me contorço no meu lugar. Tenho que me afastar dele antes de fazer alguma coisa de que vou me arrepender.

Ele começa a rir e planta um beijo na minha bochecha. Quando retorna da cozinha, está com outra garrafa de champanhe, e agora estou em apuros.

— Isso não foi legal — digo, tentando ser severa.

— Sabe, se você estiver enfrentando algum problema, eu posso te ajudar. — Seus olhos têm um toque de malícia, me observando intensamente. Ele engole em seco e eu fico vendo seu pomo-de-adão subir e descer, me lembrando dos inúmeros beijos que eu dei ali.

— Já ouvi sobre esse olhar que você usa com as mulheres.

— Não achei que você fosse alguém que comprasse aquelas porcarias de revistas.

— Jenna compra e ela me disse. Ela quer ir a um dos seus shows, mas não sabia quem você era até você aparecer na cidade. Quero dizer, ela sabia, mas não ligou o nome à pessoa.

— Me lembre de mandar ingressos para ela e uma credencial para os bastidores.

— Acho que não — respondo. Acho que não quero que nenhuma mulher jamais experimente aquele olhar de Liam novamente.

— Josephine Preston, você está com ciúmes?

Pego minha taça e bebo um pouco de coragem líquida.

— Ela acha você lindo. Eu sei que ela é minha amiga, mas também sei que ela não sai com ninguém há três anos e, se você fizer isso, ela vai se transformar em uma poça de baba e cair aos seus pés. Eu odiaria pensar...

— Eu só tenho olhos para uma mulher, ponto final. — Liam pousa sua faca e garfo, apoiando os cotovelos na mesa e unindo as mãos. — Quando te vi, sabia que tinha cometido um erro. Eu nunca deveria ter ido embora, ou pelo menos voltado para você. Minha vida é melhor com você nela, Josie. Não vou fazer nada para colocar isso em risco.

— Eu vou me casar — digo, quase sufocando. Nick e eu conversamos sobre marcar uma data quando eu voltar, e eu já deixei Liam me tocar e me beijar. Meu Deus, isso faz de mim o quê?

— Cadê sua aliança?

Olho para o meu dedo nu. De todas as vezes que Nick fez o pedido, ele nunca me deu uma aliança. Talvez ele ache que não quero, apesar de eu não saber de onde ele tirou essa ideia, pois eu quero uma. Quero usar o que ele escolheu para simbolizar o amor que ele sente por mim.

— Ele é idiota. — Liam lança seu guardanapo na mesa. — Se você fosse minha, esse dedo não estaria nu, especialmente se você estivesse fazendo uma visita ao seu ex-namorado.

— Ele não sabe que estou aqui. Quero dizer, ele sabe que estou em Los Angeles, mas não sabe que estou aqui com você.

Ele empurra a cadeira para trás e se levanta, pega um controle remoto e a música começa. Ele dá três passos na minha direção e estende sua mão.

— Dança comigo.

— Eu não deveria — sussurro, incapaz de olhar para ele.

Seus dedos trilham meu maxilar. Ele levanta meu rosto suavemente e meus olhos encontram os seus.

— Você quer, Jojo, não negue. Não vou contar a ninguém.

Empurro minha cadeira para trás e levanto, pegando a mão que ele me oferece. Ele nos conduz para o meio da sala de estar, mexe em um interruptor na parede e, com isso, as luzes diminuem. Ficamos iluminados apenas pelas luzes da cidade.

Suas mãos pressionam suavemente minha cintura, seus dedos se espalhando para sentir mais de mim. Mantenho as mãos em seus ombros, a uma distância segura do seu cabelo, enquanto nossos corpos balançam na melodia emotiva que sai do seu equipamento de som. Ele me aproxima do seu corpo, suas mãos se movendo pelas minhas costas. Uma das mãos vem para a frente, afastando mechas de cabelo do meu rosto.

Cada parte do meu corpo está pegando fogo. Seu olhar diz que ele me quer, eu só preciso dar o primeiro passo. Suas mãos descem pelas minhas costas, apalpam minha bunda e me puxam para mais perto. Não esqueci como é estar com ele; acho que nunca vou esquecer. Nós ensinamos tudo um para o outro. Nós exploramos o corpo um do outro, aprendendo a sermos amantes enquanto o fazíamos. Eu sabia como satisfazê-lo, sabia cada lugar secreto para fazê-lo estremecer e se contorcer.

Sua outra mão trilha meu braço, pegando minha mão e colocando-a na sua nuca. Meus dedos entram em seus cabelos e ele geme. Seus olhos se fecham, tremulando. Ele deixou-o crescer desde que o vi pela primeira vez em Beaumont. Eu gosto mais assim.

Sua mão agarra meu quadril e me puxa para ainda mais perto, friccionando-se em mim. Mordo o lábio para me impedir de ficar boquiaberta. A expectativa vai crescendo. O desejo está presente e ele sabe. Ele está me estudando, me fazendo sua presa. Seus olhos estão encobertos, nublados. Ele lambe os lábios e me observa em busca de algum indício de que ele pode dar o próximo passo.

Não posso lhe dar esse indício.

Não vou.

— Quem estamos ouvindo? — pergunto, na esperança de quebrar a tensão no ar. A voz do cantor é rouca e sexy. Eu poderia ouvi-la por horas. Liam me inclina um pouco para trás, a curva do meu peito nivelada com a boca dele. Ele beija cada seio antes de beijar o vale entre eles.

— Eu — ele diz, sobre a minha pele.

— Sobre quem você está cantando?

Ele me puxa para frente com cuidado. Minhas mãos no mesmo instante penetram em seu cabelo. Ele olha para a minha boca e depois para os meus olhos.

— Você.

— Eu?

— Só você, Jojo — ele diz, seus lábios encontrando os meus. Ele coloca uma das mãos nos meus cabelos e a outra espalma minhas costas. Ele é macio, tocando muito de leve meu lábio inferior com seus dentes. Quando solta, está de volta na minha boca, traçando meu lábio inferior com a língua. Eu deveria empurrá-lo, mas não posso.

Eu quero isso.

Quero senti-lo.

Encontro sua língua com a minha. Ele geme, ditando um ritmo lento e constante. Nossos corpos trabalham sozinhos em um frenesi quente. Sua boca deixa a minha, trilhando beijos pela minha mandíbula até minha orelha e depois meu pescoço. Ele me segura firme em suas mãos e canta para mim com palavras e beijos.

Minha mão desliza debaixo da sua camisa; a sensação de sua pele nos meus dedos é intoxicante.

Eu preciso parar isso. Tenho que pensar em Nick, mas este é Liam e eu...

Ele me deixou.

Minhas mãos encontraram seus ombros e empurram. Seus braços ficam moles e ele olha para mim. Ele balança a cabeça e se afasta, puxando o cabelo com as mãos.

— Me desculpa...

— Você não precisa pedir desculpas. Eu não deveria ter feito isso — eu digo. Minhas mãos parecem vazias sem ele. Quero estender a mão para ele, segurar a mão, mas isso enviaria a mensagem errada. É ruim o suficiente que já tenhamos chegado assim tão longe. Estou noiva e isso é trair. — Melhor eu ir embora.

Ele não diz nada, apenas faz que sim. Ele está fitando as luzes da cidade, provavelmente se lembrando de por que me deixou. Olho de volta para ele uma última vez antes de abrir a porta.

— Josie, espere. — Eu paro e me viro, fechando a porta atrás de mim. Ele está ali, ao meu lado, antes que eu possa recuperar meu fôlego. — Me desculpa. Eu nunca deveria ter colocado você nessa posição. Estava sendo egoísta e pensando apenas em mim e no quanto sinto sua falta. Você estava aqui, na minha casa, e eu não pude resistir. Você é uma tentação para mim e, no momento, eu só quero pegar você e carregá-la para a minha cama e não deixar mais você ir embora.

— Não posso. Eu estou...

Liam põe o dedo nos meus lábios.

— Só estou te dizendo o que eu quero, para que meus sinais não fiquem dúbios. Eu quero que você saiba exatamente como me sinto, porque, da última vez que eu guardei segredo, isso acabou com a gente.

— Não podemos fazer isso, Liam. Eu vou me casar.

— Então eu vou esperar. Para sempre, se for preciso. — Ele dá um beijo prolongado na minha bochecha, segurando-me junto dele. — Eu quero ver você amanhã.

— Não sei...

— Eu vou ser um perfeito cavalheiro. Prometo.

Faço que sim quando ele abre a porta para mim. Com um último olhar, saio do apartamento dele. Olho para trás enquanto aguardo o elevador e ele está encostado na porta, com as mãos nos bolsos, me observando. O sininho do elevador que chega parte meu coração.

Capítulo 25
Liam

Pela primeira vez em anos, vou me sentar para um jantar de Ação de Graças. Quando a Katelyn ligou e estendeu o convite a mim, aceitei imediatamente. Eu sabia que passar as festas com Josie e Noah estava completamente fora de questão. Depois que ela esteve aqui para aquele evento de negócios, as coisas ficaram tensas e, mais uma vez, foi culpa minha.

Eu sei que estraguei tudo com ela e provavelmente para ela.

Chegar a Beaumont é melhor desta vez. Vou ficar na casa da Katelyn, não em um hotel, e por isso eu sou grato. Vou poder passar um tempo de qualidade com Noah no conforto de um lar. Ele e eu passaremos o sábado procurando casas, pois na sexta prometi ficar de olho nas gêmeas para que Katelyn possa ir fazer compras.

Dirijo pela cidade na esperança de dar uma olhada em Josie na loja dela. Sei que é um tiro no escuro, mas estou desesperado. Amo uma garota que não pode me amar. Preciso aceitar o que eu puder ter. Passo de carro duas vezes, mas não a vejo.

Ao parar na entrada da garagem da Katelyn, vejo Peyton se levantar e acenar para mim da traseira da caminhonete. Quando saio do meu carro alugado, ela está pulando e gritando meu nome.

— Oi, Srta. Peyton. — Abro o porta-malas e retiro minha bagagem. Desta vez, trouxe mais roupas, só para o caso de decidir ficar mais de uma semana. Da última vez, fiquei por quase duas semanas e acabei comprando mais roupas. Também peguei a sacola da Apple com o laptop que comprei para as meninas. Quero poder fazer vídeo-chamadas para a Peyton e assistir ao futebol americano com ela, para que ela não fique sozinha aos domingos.

— O que tem na sacola, tio Liam? — Paro no lugar quando ela me chama de "tio". Isso era algo com que Mason e eu brincávamos muitas vezes quando conversávamos sobre nossas vidas e sobre a direção que estávamos seguindo.

— Oh, nada de importante, só presentes para você, Elle e sua mãe. — O entusiasmo no rosto dela faz valer a pena trazer os presentes. Não sei como Katelyn vai reagir a eles, ou se vai até mesmo aceitá-los.

Peyton me guia para dentro da casa. O cheiro de torta de abóbora faz meu estômago roncar. Katelyn está na cozinha com um avental amarrado em volta da cintura, assim como Elle. Katelyn vem e me cumprimenta. Beijo-a na bochecha quando ela me abraça.

— Obrigado pelo convite.

— Bem, Peyton precisava de alguém com quem assistir ao futebol amanhã. — Olho para Peyton, que encolhe os ombros. Ela está segurando a mão da irmã e esperando ansiosamente pelos presentes que eu trouxe. — Peyton vai te mostrar o seu quarto.

Eu sigo Peyton para o andar de baixo.

— Lembra da TV?

— Claro — eu respondo. Viramos no corredor e entramos na sala de Mason. Logo vejo por que ela tocou no assunto. Há um buraco no meio da tela. — O que aconteceu?

— Elle ficou furiosa e jogou a bola de futebol americano do papai na TV.

Não sei o que dizer, então apenas fico de boca fechada. Só faz pouco mais de um mês que sou pai, então não estou qualificado para lidar com esse tipo de situação. Peyton abre uma porta e entra.

— Esta é a sala da confusão.

Não posso deixar de rir porque não somente é onde Mason provavelmente passou muito tempo, mas é decorada como tal. Preciso agradecer Katelyn por trazer humor para a minha vida. Peyton me deixa para eu me acomodar. Mando mensagem para Noah para que ele saiba que estou na cidade e na casa da Katelyn, e que vamos nos ver na sexta-feira. Eu queria vê-lo esta noite ou amanhã, mas Josie foi inflexível querendo que ele passasse as festas com ela, Nick e as famílias deles. Eu realmente não poderia discutir com ela, então aceitei e deixei para lá.

Levo a sacola de presentes comigo quando subo de novo. Katelyn está sentada à mesa, os dedos esfregando as têmporas. Eu vejo uma caderneta aberta e uma pilha de contas. Puxo a cadeira, me sento na frente dela e lhe dou um tapinha leve. Ela tenta sorrir, mas estava chorando.

— Onde estão as meninas?

Ela pega os papéis e os coloca de lado.

— Estão assistindo a um filme no quarto delas.

— Quer falar sobre essas coisas? — Aponto para a pilha de contas. Ela balança a cabeça, enxugando lágrimas do rosto.

— Não vou conseguir. Eu tenho que vender a casa.

Sei que estou passando dos meus limites, mas não posso evitar. Pego a caderneta e dou uma olhada. Aqui não há o suficiente para comprar um litro de leite. Pego a pilha de contas, mas as mãos dela descem sobre as minhas.

— Me deixa ajudar, Katelyn. Sei que você não quer esmolas, mas, por favor, ouça. Eu tenho meios para cuidar disso. Pelo Mason.

— Não posso, Liam.

— Você também não pode vender a sua casa. Esta é a casa que suas meninas dividiram com o pai delas, tem memórias aqui. — Passo a mão por cima da mesa e coloco a mão dela na minha. — Eu quero fazer isso pelas meninas. Por favor, me deixe resolver.

Ela tira as mãos e cobre o rosto quando começa a chorar. Ela faz que sim e me dá seu consentimento para cuidar das contas dela. Eu planejo fazer muito mais.

Tento convencer Katelyn de que ela precisa de uma noite de folga, mas ela se recusa e me empurra porta afora. Quero que ela vá comigo ao Ralph's. Falei para o Ralph que eu faria shows para ele, se ele cobrasse um *couvert*. Quero que ele tenha lucro por eu tocar lá. É o mínimo que posso fazer.

Chego cedo, e a porta está escorada por um bloco de concreto. Entro e o vejo arrumando o palco e vou até ele para dar uma ajuda.

— Ei, você chegou cedo.

— É, eu queria falar com você sobre uma coisa antes de começar o show esta noite. — Passo fita nas tomadas do amplificador e do microfone, garantindo que não fiquem no meu caminho.

— O que foi?

— Eu gostaria de fazer um show beneficente para Katelyn Powell e as meninas. Vou trazer a minha banda e pedir para minha empresária organizar. Vamos tocar de graça, mas o dinheiro das entradas vai para a Katelyn.

Ralph coça o queixo, seus dedos indo e voltando.

— Mas é claro! — ele diz com muito entusiasmo. — Diabos, esta noite, todas as entradas vão para elas. Vou falar para a patroa escrever uns cartazes.

— Obrigado, Ralph. — Dou um tapinha nas costas dele, antes que deixe o palco. Volto para o meu carro e pego o teclado e o violão. Falei para o Ralph que faríamos um show de verdade esta noite. Assim que meu equipamento está montado, faço uma rápida passagem de som. Não vou ficar me preocupando com a qualidade do microfone, mas quero ouvir como é a acústica neste lugar com um amplificador.

Mulheres cercam o palco, algumas vestidas em minúsculas saias. Antes de voltar a Beaumont pelo Mason, eu teria levado uma delas aos fundos para dar uma rapidinha, mas não agora. Nenhuma delas me atrai. Na verdade, o jeito como estão vestidas só me mostra como são fáceis.

Assim que as luzes diminuem, eu começo meu *set*. Vou apresentar doze músicas esta noite, talvez um bis. Ainda não decidi. Começo com *Unforgettable*. Este vai ser nosso segundo *single*. A Sam vai me matar quando descobrir que eu toquei, mas na verdade não estou nem aí.

Entre as canções, aceito alguns pedidos dos fãs que estão na frente. Os pedidos são de alguns dos meus sucessos anteriores, mas a maioria das músicas que vou tocar hoje é do nosso álbum mais recente.

— Beleza, tenho tempo para mais um pedido — digo para a plateia.

— Eu tenho um pedido — grita uma voz masculina na frente do bar. Espero para ver se a pessoa se apresenta, mas ninguém se move.

— Eu tenho um pedido, eu disse!

— Tudo bem, vamos ouvir — respondo, ainda esperando que o homem se mostre.

— Meu primeiro pedido é que você deixe a minha noiva em paz, porra. Meu segundo pedido é para você deixar Beaumont e não voltar nunca mais. E meu terceiro pedido da noite é pra você contar pro seu filho o perdedor de merda que você é, para que ele saiba que, quando você for embora, caralho, ele não vai me odiar por te expulsar da cidade.

Gente bêbada é uma merda.

Nick finalmente entra na minha linha de visão, oscilando de um lado para o outro. Ele tem um amigo de cada lado tentando fazê-lo se sentar. O bar inteiro fica em silêncio, metade olhando para mim e metade olhando para ele.

Dedilho meu violão para chamar a atenção da plateia.

— Você não consegue me responder, Westbury?

— Não, Ashford. Isso não é a hora nem o lugar.

— Então vamos lá fora agora mesmo.

Nego com a cabeça e tiro meu violão.

— Desculpe, pessoal, o show acabou. Mas não esqueçam do show beneficente que vamos fazer.

Guardo o violão e o teclado enquanto Ralph pede desculpas no meu ouvido pelo Nick. Falo para ele não se preocupar com o Nick, que ele está bêbado. Olho pelo bar em busca dele, mas ele se foi, então decido encerrar a noite.

Quando saio, ele está apoiado em uma caminhonete. Não estou no humor de falar se ele estiver desse jeito. Coloco o equipamento no banco de trás do carro e me viro de frente para ele. Nick está trocando os pés na minha direção, incapaz de andar em linha reta.

— Onde estão seus amigos?

— Não preciso deles para quebrar a sua cara, Westbury.

— Eu não vou brigar com você — digo, me afastando do meu carro.

— Bem, eu quero brigar com você. Preciso brigar pela minha família. Desde que você chegou aqui, é tudo Liam isso e Liam aquilo. Meu pai isso, meu pai aquilo. Eu sou o pai dele, porra, não você. Eu o criei. Eu limpei os joelhos esfolados e o ensinei a jogar futebol americano, tudo isso enquanto você estava fodendo metade da população feminina. E minha futura esposa... Meu Deus, que filha da puta ela tem sido por sua causa...

— Não a chame de filha da puta, Nick. Você está bêbado e vai se arrepender. — Puxo meu telefone e mando uma mensagem para a Josie dizendo que ela precisa vir buscá-lo antes que algo de ruim aconteça.

— Você a deixou. Eu recolhi os cacos. Esperei pacientemente que ela olhasse para mim e, quando ela finalmente olhou, eu fiquei muito feliz. Mas não, você tinha que voltar e foder com tudo o que era nosso. Ela me ama, não a você, então por que não pega suas coisas e dá o fora? Nos faça um favor e saia daqui. Quero minha família de volta e você está no caminho.

— Ele é meu filho, Nick. Eu não o abandonei. Ele merece me conhecer.

Nick balança a cabeça e se apoia no meu carro, de cabeça baixa. Se eu não soubesse, diria que ele estava chorando. Entendo os motivos dele, mas até parece que vou desistir do Noah. Josie... sim, eu vou esperar por ela, mas Noah é meu e eu pretendo ficar por ele.

Josie aparece de carro, as luzes fortes dos faróis brilhando contra Nick. Ele ergue a cabeça e protege os olhos. Eu continuo parado, no mesmo lugar onde eu estava quando Nick começou a me atacar, esperando que ela saia do carro.

— Oi, querida — ele diz quando a vê. Ela me dá um pequeno sorriso antes de puxar Nick para seus braços. — Eu te amo, Josephine. Fala que você me ama. Fala pro Westbury que você escolheu a mim, não ele.

— Vem, Nick, vamos pra casa.

— Fala pra ele, Josie. Fala, assim ele vai embora e deixa a gente em paz. Quero a minha noiva de volta.

— Ele está ouvindo você. Não preciso repetir o que você está dizendo.

— Você dormiu com ele em Los Angeles?

— Não, Nick. Agora vamos. Você está bêbado e eu quero ir pra casa. — Josie puxa Nick para o carro dela e o ajuda a entrar. Ela não me olha, antes de se acomodar no assento do motorista, nem quando dá partida e sai.

Entro no meu carro e bato a porta com força.

Uma noite perfeita arruinada.

Capítulo 26

Jasie

Passei outra noite no sofá, mas desta vez não dormi. Fiquei olhando para o chão, para minhas mãos, para a janela panorâmica que Nick instalou para mim há alguns anos — tudo para manter minha mente fora da bagunça total que a minha vida se tornou e do homem desmaiado lá em cima no meu quarto, dormindo para passar a bebedeira.

Quando Liam mandou mensagem ontem à noite, eu queria chorar. Não só por mim, mas pelo Nick também. Depois de tudo que aconteceu, tudo que eu fiz de errado, ninguém parou para considerar os sentimentos dele. Eu deveria tê-lo colocado em primeiro lugar. Ele é quem está comigo desde o primeiro dia, mesmo antes de começarmos a namorar. Ele esteve presente pelo Noah.

E agora ele está sofrendo por causa da minha incapacidade de enxergar além do Liam. Nunca pensei que Liam voltaria.

Mas ele está aqui e me faz sentir coisas que eu não sentia desde que parei de pensar nele. Talvez eu nunca realmente tenha parado. Talvez eu apenas tenha mascarado meus sentimentos. Eu amo Nick, mas não do mesmo jeito que amo Liam. Liam foi meu primeiro tudo, mas não é o suficiente para desistir de Nick.

Quando o café termina de coar, sirvo uma xícara para ele e coloco em uma bandeja com torrada e bacon. É muito raro ele ficar assim, então não sei como ele lida com uma ressaca, ainda mais quando vamos almoçar com seus pais daqui a poucas horas.

Subo as escadas com cautela, e abro a porta do nosso quarto empurrando com a ponta do pé. Ele está deitado de costas, braços abertos. Se eu estivesse na cama, ele teria me acertado na cara. Parada aqui, eu o observo. Seus cabelos loiros estão bagunçados. O edredom está no chão ao pé da cama. Um lençol o cobre da cintura para baixo. Observo seu peito definido subir e descer ao ritmo da sua respiração. Estou feliz que ele não tenha vomitado no meio da noite.

Coloco a bandeja sobre o criado-mudo, vou até a janela e abro para receber um pouco de ar fresco. Rastejando para a cama ao lado dele, não posso deixar de estender a mão para tocá-lo. Desço os dedos por seu peito, contornando os músculos. Ele se encolhe um pouco e dá um tapa na minha mão. Tento abafar uma risada, mas sei que ele pode me ouvir.

De repente, seu braço envolve minha cintura e me puxa sobre seu peito, a outra mão repousando nas minhas costas. Ele está acordado. Ele me abraça e eu me aconchego nele.

— Como você está se sentindo?

— Um lixo. — Sua resposta é rouca. Ele tem de tossir algumas vezes para limpar a garganta.

— Você teve uma noite muito difícil.

Ele não diz nada, apenas nos gira e ficamos face a face. Ele agarra e franze a barra da minha saia como se fosse enlouquecer se não estivesse se segurando em mim.

— Bebi demais e tenho a sensação de que fiz algo idiota.

Confirmo com a cabeça, não querendo constrangê-lo. Ele já fez o suficiente disso sozinho. Afasto seu cabelo do rosto, um rosto pelo qual me apaixonei anos atrás.

— Preparei o café da manhã para você.

— Você vai me dizer o que eu fiz?

Dou de ombros.

— Eu não sei tudo, apenas a parte de quando cheguei lá. Acho que você e Liam trocaram algumas palavras, porque ele me mandou uma mensagem dizendo que você estava bêbado, então eu fui e busquei você.

Nick fecha os olhos e enterra a cabeça no meu peito. Ele me puxa para mais perto, precisando da mesma confirmação que eu preciso de que tudo vai ficar bem.

— Estou tentando, Josie. De verdade. Não sei o que aconteceu ontem à noite. Entrei no Ralph's e todo mundo parecia estar enlouquecendo por causa dele, e só consegui pensar em como estou perdendo tudo para esse cara que não merece. Comecei a beber, e sei que falei umas coisas para ele, mas não me lembro.

— Eu não vou a lugar nenhum, Nick.

Depois do café da manhã, Nick toma banho enquanto Noah e eu esperamos por ele lá embaixo. Tenho certeza de que Liam não vai dizer nada sobre a briga deles, ainda mais na frente de Noah, então eu falei para o Nick que não precisamos mais falar sobre isso.

Ele está vestindo calça cinza-escura e camisa social branca. A gravata está aberta e frouxa quando ele desce. Encontro-o no pé da escada e dou o nó. Ele me puxa em um abraço apertado até Noah começar a reclamar de nós.

— Espere até você arrumar uma namorada — Nick diz ao me ajudar a vestir o casaco.

— De jeito nenhum! Meninas têm piolhos e não entendem de futebol americano. — Nick ergue a mão para Noah e eles trocam um cumprimento espalmado. Reviro os olhos. Meus garotos são incorrigíveis.

O almoço de Ação de Graças na casa dos pais de Nick é sempre interessante. Meus pais se juntam a nós e é uma grande festa. O Natal é um evento muito menor. Com todos reunidos ao redor da mesa, de mãos dadas para uma oração, eu agradeço por minha família estar completa. Pelo menos por hoje.

Depois do jantar, os homens assumem as funções de limpeza, enquanto as mulheres correm para ver os anúncios da Black Friday para a excursão de compras do dia seguinte. Não tenho ideia do que comprar para Noah e Nick de Natal, e espero que encontre aquela coisa *especial* que desperte meu interesse.

Nick e eu conseguimos evitar a conversa de casamento, mesmo que tenhamos conversado sobre marcar uma data depois das festas. Queremos passar pelo Natal sem a pressão de pessoas perguntando onde vamos nos casar.

Noah, Nick e os outros homens saem para jogar futebol. O tempo está mudando e sei que vai nevar em breve. Noah tem mais um jogo antes do fim da temporada, e Liam prometeu estar presente.

Liam. Não sei o que fazer com ele. Às vezes, eu queria que ele não tivesse voltado nem que tivesse visto o Noah naquele dia. Acho que as coisas seriam muito mais fáceis; mas, por outro lado, Noah não conheceria seu pai. Acho que toda criança tem que conhecer o pai e a mãe, se tiver oportunidade. Elle e Peyton mal terão lembranças de Mason quando forem mais velhas. Eu não quero isso para o Noah.

Os rapazes voltam para dentro, sujos e de bochechas rosadas. Nick me puxa para um beijo, deslizando as mãos geladas por baixo da minha blusa. Eu o empurro, mas ele me abraça apertado.

— Eu amo você — ele diz contra meus lábios.

— Eu também te amo.

Ele empurra meu cabelo atrás da orelha.

— Eu quero passar na casa da Katelyn.

— Por quê? — pergunto. Liam está lá e eu não quero que eles briguem, especialmente na frente do Noah.

— Preciso me desculpar com o Liam. Não quero que a noite de ontem fique pairando sobre as nossas cabeças e eu acho que Noah gostaria de vê-lo. Talvez a gente possa parar em casa, para ele arrumar uma mochila e passar esta noite com o Liam. Assim, teremos um pouco de tempo sozinhos.

— Eu gostaria disso — digo, antes de encostar meus lábios nos dele.

Noah está mais do que animado para ficar com Liam esta noite. Quando chegamos à entrada da casa da Katelyn, Noah pula do carro antes de Nick ter parado o carro. Nick e eu andamos de mãos dadas até a casa da Katelyn. Noah já está sentado com o Liam, tentando empurrar a Peyton do caminho. Katelyn está na poltrona com Elle. Por um breve momento, eu olho para Liam, tão confortável na casa de Katelyn, e me pergunto se pode haver algo entre eles.

Ela é que tem feito Liam se sentir acolhido, abrindo sua casa para ele, convidando-o para o Dia de Ação de Graças, e agora ele está deitado no chão, com Peyton deitada na barriga dele, como se ele fosse o dono do lugar.

Ele se senta quando me vê encarando-o, com Nick atrás de mim. Sou eu que estou imaginando coisas, mas não posso evitar. Minha mente está ficando maluca aqui com imagens deles dois juntos. Katelyn fecha seu livro e reposiciona uma Elle adormecida para que possa se sentar e nos cumprimentar.

— O que está acontecendo? — ela pergunta, bocejando.

— Pensamos que Liam gostaria de ver o Noah — eu digo, olhando para Liam. — Mas se vocês estiverem ocupados...

— Acho que assistir TV não se classifica como estarmos ocupados. Estou feliz por Noah estar aqui — Liam diz para mim. O jeito que ele me olha me diz que ele sabe o que estou pensando. Já percorremos a estrada do ciúme antes, e o monstro acabou de erguer a cabeça feia para mim novamente.

— Fiquem à vontade. Vou fazer um café. — Liam se levanta e ajuda Katelyn com Elle. Meus olhos o seguem pelo corredor quando ele leva a menina para a cama. Aparentemente, agora também é ele que coloca as meninas na cama.

— Westbury — Nick diz quando Liam entra de volta na sala. — Vamos lá fora para conversar. — Liam não diz nada. Apenas faz que sim e sai pela porta lateral, que dá para a garagem. Nick me beija na bochecha e promete ser um bom menino.

— Eu sei que você quer escutar — Katelyn diz quando me dá uma xícara de café. Ela faz um sinal para eu segui-la para a cozinha.

— Aonde eles estão indo? — Noah pergunta antes de eu sair da sala.

— Só conversar. — Eu me viro de volta para Katelyn.

— O que está acontecendo com você? — ela pergunta, dando um golinho na xícara.

— Nada, só fui surpreendida como tudo parecia natural quando entrei, só isso. Acho que não esperava que você superasse tão rápido.

Katelyn cospe o café de repente, arruinando sua blusa branca.

— Você está brincando comigo, Josie? Acha que Liam e eu estamos... Oh, Deus, não consigo nem falar. Acabei de enterrar o meu marido. Não tenho intenção de buscar nada com ninguém. Liam está aqui porque eu não quero que ele fique sozinho e porque não quero ficar sozinha no dia de Ação de Graças, e a Peyton queria alguém para assistir ao futebol americano com ela.

— Eu pensei que...

— Você pensou errado. Ele só concordou porque isso dava a Noah um lugar para vir e ficar até ele comprar uma casa. — Katelyn vai até a pia para se limpar. — Caso você não saiba, aquele homem ainda está apaixonado por você.

— Eu sei que está — resmungo. Sou muito idiota por pensar que Katelyn iria começar alguma coisa com ele.

Katelyn enxuga as mãos na toalha e se apoia no balcão.

— Que diabos você está fazendo, Josie?

Olho fixamente para Katelyn e de volta para a porta, antes de olhar de novo para ela. Lágrimas enchem meus olhos. Escondo o rosto e caio nos braços dela.

Capítulo 27
Liam

Se algum dia eu mencionar comprar uma casa outra vez, alguém, por favor, me mate. Noah e eu passamos todo o sábado e o domingo andando por Beaumont com uma corretora excessivamente animada. A única coisa que aprendi foi como revirar os olhos como um menino de nove anos de idade.

Sarah, Sadie ou talvez fosse Suzie — não lembro — nos mostrou casa após casa, mas nenhuma cumpria meus requisitos. Sim, posso ser uma pessoa sozinha com uma criança que terei em casa de vez em quando, mas isso não significa que quero uma casa pequena. Quero dois andares com um porão completo, uma garagem anexa para dois carros e pelo menos dois mil metros quadrados de terreno. Não achei que esses requisitos fossem assim tão absurdos, mas aparentemente são.

Agora Noah e eu estamos sentados do lado de fora de uma casa de dois andares no mesmo bairro dos meus pais. Percebi que era exatamente o que estava procurando, então percorremos o terreno atrás da placa de VENDE-SE. Encontramos uma.

Estamos esperando o corretor chegar para que possamos ver do lado de dentro, mas já sei que a quero. Posso imaginar Noah escalando os carvalhos gigantes que cercam a propriedade e vê-lo jogando bola com os amigos no quintal.

O novo corretor sai do seu carro e acena para nós. Ele é baixo e atarracado, e tem cabelos brancos. Parece um marshmallow.

— Olá, sou Liam Westbury e este é meu filho, Noah.

— Muito prazer, sou o Stu. Vamos entrar?

Acompanhamos Stu pelos degraus de tijolinho. A varanda é ampla, com pilares brancos que precisam desesperadamente de uma pintura. Stu abre a porta para eu e Noah entrarmos. Diante de nós, está a escadaria, aberta dos dois lados, o que nos permite ver dentro da sala de jantar e da sala de estar. A sala tem duas janelas grandes, uma na frente e uma nos fundos, com mais duas do lado. A cozinha é nova, com um recanto para a mesa e todos os equipamentos novos, com vista para o quintal dos fundos. Há um banheiro de bom tamanho próximo da cozinha. A sala de jantar tem vista para o jardim frontal, com uma grande janela e duas que dão para o quintal lateral.

Subimos para os quatro quartos. A suíte principal é grande, com um closet que se conecta com o banheiro com um chuveiro e uma banheira de hidromassagem. Um dormitório está decorado como quarto de bebê, o que vou ter que mudar. Os outros dois quartos têm o mesmo tamanho. Todos os cômodos têm ampla luz natural, e há um banheiro compartilhado no andar de cima.

Stu está sentado à mesa quando descemos.

— Vamos só dar uma olhada no porão — digo quando passamos por ele. Ele sorri e faz que sim, depois retorna para sua papelada.

O porão é acessado pela cozinha. Descemos pisando forte nos degraus para testar sua resistência. Há uma lavanderia e um espaço bem grande.

— O que você acha, pai? Estou pensando em uma sala masculina igual à do tio Mason aqui e o seu estúdio desse lado. — Ele aponta para a parede do lado esquerdo do espaço.

— É? Você sabe que o estúdio é bem grande. Preciso de um lugar para montar o equipamento.

— Acho que vai ser grande o suficiente. O que você acha?

Olho para o meu filho. Ele tem um sorriso radiante de entusiasmo no rosto.

— Eu gosto. Você acha que vai gostar de morar aqui?

— Sim, acho.

Passo meu braço ao redor dele e o puxo em um meio abraço.

— Vamos comprar uma casa para nós.

Subimos as escadas de volta. Stu levanta a cabeça quando entramos.

— Vamos ficar com ela — Noah fala de repente, antes de termos uma chance de dizer alguma coisa.

— Sim, vamos ficar com ela.

Stu começa a falar sobre financiamento e bancos. Digo que será uma venda à vista e que quero me mudar imediatamente. Ele liga para os donos da casa e faz a proposta. Eles aceitam na hora e concordam em vir no dia seguinte para assinar os papéis no escritório de Stu.

Noah e eu andamos pelo quintal depois que Stu vai embora. Ele sobe em uma das árvores, e nós corremos para ver quem é mais rápido. Posso tê-lo deixado ganhar, mas nunca vou admitir. Saímos da casa quando o sol começa a se pôr e seguimos para o jantar.

Jantar familiar no Deb's é um passatempo de Beaumont, a menos que você seja um Westbury. Na primeira vez que fui lá tinha acabado de tirar minha carteira de motorista. Quando minha mãe ouviu falar sobre isso no dia seguinte, ficou horrorizada. Nós da família Westbury não nos degradamos a frequentar um lugar como o Deb's.

E eu com isso?

Eu adoro o Deb's. Noah e eu escolhemos uma cabine para nosso jantar de comemoração. Ele pergunta quando vou poder trazer minhas coisas e digo que vamos encomendar móveis esta semana e tudo mais que vamos precisar. Ainda não consegui tomar uma decisão sobre deixar Los Angeles, então, até lá, vou estar na casa por uma semana mais ou menos, todos os meses.

Estamos no meio do jantar quando Noah joga a bomba.

— Minha mãe e o Nick brigam toda hora.

Coloco meu guardanapo de lado e apoio os braços na mesa.

— Como assim? Nick bate nela?

— Não, pelo menos eu nunca vi ele fazer nada disso, mas ouço os dois à noite discutindo. Ele não acha que eu deveria passar mais do que um fim de semana com você de cada vez e não quer que você compre uma casa na cidade.

Levanto as mãos e apoio meu queixo nelas. Noah não deveria ouvi-los discutir sobre mim. Não é justo.

— Escuta, amigão. Esta é uma situação difícil para todos nós e, sinceramente, muito inesperada. Você sabe que, quando cheguei aqui para o funeral do Mason, nunca esperei encontrar você. Fiquei chocado, magoado e bravo. Eu não sabia que você existia, e, quando ouvi um menino que eu não conhecia me dizer que tinha me visto beijando a mãe dele em um DVD, eu não sabia o que fazer. Então imagine o que a sua mãe pensou quando eu apareci ou quando Nick ouviu você me chamar de pai. Há um monte de emoções exaltadas neste momento, e todos nós estamos tentando encontrar a melhor forma de lidar com elas. Mas não ache que nós três não amamos você. Nós amamos, e muito. Você é nossa prioridade número um. Apenas tenha paciência com a sua mãe e com o Nick. Eles vão se resolver e tudo vai ficar bem. — Não sei de onde tudo isso veio, mas me sinto bem falando essas coisas ao Noah. Ele precisa entender que eu sou o catalisador para essas emoções entre Nick e Josie. O que não entendo é o Nick. No Dia de Ação de Graças, ele prometeu tentar ser cordial pelo Noah e pela Josie. Eu não prometi nada a ele.

Deixo Noah em casa e digo que vou vê-lo amanhã depois da escola. Neste momento, o acordo é que eu vou pegar o Noah na escola, jantar com ele e deixá-lo em casa uma hora antes de ele ir dormir, a menos que seja dia de treino.

Vou de carro até minha futura casa e estaciono na frente. Quero ver Josie correndo lá fora comigo e com o Noah. Quero as flores dela decorando a frente e o lado de dentro. Quero que ela viva aqui com a gente como uma família.

É o último jogo de Noah na temporada. Fico no meu lugar de sempre com Peyton ao meu lado. Ela observa Noah como um falcão e eu ainda não descobri se é uma queda por ele, ou se ela quer jogar futebol. Katelyn diz que nada de futebol, mas talvez daqui a alguns anos ela mude de ideia.

Noah está com dificuldade hoje. Ele lançou duas interceptações e se atrapalhou com a bola. Estou contando os segundos até o intervalo para lhe perguntar o que está acontecendo. Quando soa a campainha, vou até a linha lateral para cumprimentá-lo. Ele tira o capacete e sua expressão infeliz faz meu coração doer por ele.

— O que está acontecendo?

— Não sei. Nada parece certo. Estou vendo tudo devagar.

— Você não confia nos seus receptores?

— Noah, vem cá — Nick grita. Eu sei que ele é o treinador, mas sei do que estou falando.

— Confie nos seus receptores, Noah. Lance o passe como foi planejado. Eles estarão lá para pegar.

— Obrigado, pai. Que pena que você não pode vir esta noite. — Olho para Noah com um questionamento. Ele está com sua equipe antes que possa perguntar do que ele está falando.

A segunda metade do jogo é melhor para Noah do que a primeira, mas eles acabam perdendo mesmo assim. Noah parece triste e provavelmente irritado com ele mesmo. Ele joga o capacete, o que eu não aprovo de jeito nenhum. Vou até o banco para falar com ele sobre espírito esportivo.

— Pega do chão, Noah — Nick exige. Noah está parado, os braços cruzados sobre o peito. — Não sei o que você está tentando fazer, mas isso não vai voar. Pegue.

— Noah, o que está acontecendo? — eu pergunto, dando um passo à frente e parando ao lado de Nick. Nick respira fundo, vira e olha para mim.

— Isso não é problema seu, Westbury. Na verdade, você é o problema.

— Como é?

— Você me ouviu — ele rosna.

Procuro Josie na arquibancada. Ela está lá, o rosto paralisado enquanto observa a cena. Definitivamente tem algo acontecendo aqui de que não fui informado.

— Pegue suas coisas, Noah. Nós vamos nos atrasar. — Noah encara Nick, mas não se mexe. Ele olha para mim com lágrimas nos olhos. Vou até ele e o puxo de lado.

— Noah, qual é o problema? — pergunto, dobrando meu corpo ao seu nível.

— Vai ter uma festa do time e o Nick disse que você não pode vir. — Olho por cima do ombro para onde Nick está conversando acaloradamente com a Josie. Ele torna tudo uma dificuldade de merda quando poderia ser tão fácil.

— Está tudo bem, amigão. A gente sai amanhã.

— Não, eu quero você lá, e, já que é para as crianças, sou eu que escolho. — Meu filho, a lógica em pessoa, quem diria?

— Vamos fazer assim: você vai para a festa e me liga quando terminar e eu vou te buscar para passar a noite, tudo bem?

— Minha mãe vai falar que não.

— Deixa sua mãe comigo — eu digo. Ele se inclina para frente e me dá um abraço. — A propósito, se eu te vir jogar seu capacete de novo, você vai se arrepender. Fui claro?

— Sim, senhor.

— Vá e pegue.

Espero um momento antes de interromper Josie e Nick. Odeio o que estou prestes a fazer, mas Nick não está me dando nenhuma outra opção.

— Então, Noah vai me ligar quando a festa acabar, então eu vou buscá-lo e levá-lo na casa da Katelyn para ele dormir lá.

Nick começa a dar risada.

— Quem disse? Você?

— Nick...

— Não, Josie. Defina alguns malditos limites com ele. Você o deixa passar por cima de você, e o Noah jogou mal pra burro esta noite porque está bravo comigo.

— Ei, não culpe o Noah. A culpa não é dele.

— Fique fora disso, Westbury.

— Você sabe, Nick, eu pensei que estava tudo bem entre a gente, mas acho que não. De qualquer forma, você não é importante nesta equação. — Eu odeio dizer essas coisas porque prometi a mim mesmo que trataria Nick como um pai. Olho para Josie; ela parece envergonhada. Ela deve estar. — Vou buscar o Noah quando ele ligar. Se não for bom para você, me avisa agora para que eu possa entrar em contato com o meu advogado para ele mandar fazer um acordo de custódia.

Deixo-a com as palavras que eu nunca quis dizer, mas ela não está me dando opção nenhuma. Aceitei todas as suas exigências, e ela permite que Nick brigue comigo por passar um tempo com o meu garoto.

Chega.

Capítulo 28
Jasie

Não sei o que fiz para merecer a guinada desagradável que minha vida tomou, mas gostaria de saber, para poder consertar a confusão que minha vida se tornou.

A festa do time é, para dizer o mínimo, um desastre épico. Noah não está falando com o Nick. Nick não está falando comigo. Os pais das crianças estão falando sobre mim. Eles nem sequer têm a cortesia de fazê-lo pelas minhas costas. Posso vê-los apontando e sussurrando, balançando a cabeça e olhando de soslaio. Eles agem como se eu tivesse feito algo errado. Esse incidente não seria diferente se Liam e eu estivéssemos divorciados e compartilhando a custódia.

Aposto que estou sendo tachada de a prostituta da cidade. E daí? Engravidei do meu namorado muito firme no verão anterior a irmos para a faculdade e, sim, ele me deixou, mas ele não sabia sobre o bebê ou não teria ido embora. Liam me amava incondicionalmente.

Ele teria ficado.

E ficaria totalmente infeliz, porque não queria jogar futebol americano, e isso é o que eu me lembrava dele, o sonho que não era dele, mas meu. Teríamos nos casado e nos divorciado alguns anos depois porque eu o teria impedido de viver seu destino.

Destino é uma merda.

Não vejo a hora de sair daqui. Estou farta desse time de futebol pelo ano inteiro. Cansei dos dedos apontados, das pessoas que me encaram e das perguntas, se Liam vai bancar o time no ano que vem para que eles possam ter uniformes novos.

Meu nível de frustração chegou ao ponto mais alto de todos. Acho que preciso de férias. Um lugar tropical e quente, com praias de areia branquinha e água tão azul que parece que a gente está flutuando em um céu cristalino. Posso fechar os olhos e sentir o calor na minha pele, a areia entre os dedos dos meus pés e o oceano, suas ondas me acalmando com uma doce canção de ninar.

Um lugar assim clama por romance, a fuga dos amantes. Eu me vejo com Nick passando o dia dividindo uma rede, lendo juntos, enquanto ele nos balança delicadamente. Vou me aconchegar nele e, mesmo que esteja um calor escaldante, com ele eu vou me sentir fresca e tranquila. Vou enchê-lo de beijos e ele vai olhar nos meus olhos e dizer que me ama.

Só que não é o Nick que vejo quando olho nos olhos de quem está ali comigo.

É o Liam.

Noah vem até mim e me abraça por trás. Eu amo meu filho. Ele é a melhor coisa que já aconteceu comigo. Agradeço às minhas estrelas da sorte todos os dias por ter tomado a decisão certa de levar a gravidez até o fim.

— Meu pai está lá fora — ele diz baixinho no meu ouvido. Faço que sim e me sento mais para frente, soltando-o de mim. Saio da mesa. Nick balança a cabeça de um lado para o outro enquanto Noah e eu caminhamos de mãos dadas até a porta da frente. E, inclinando-se contra seu carro, está Liam, os tornozelos cruzados, as mãos enfiadas nos bolsos.

Ele não olha para mim, mas sorri para Noah como se não o visse há uma semana. Ele ama Noah sem dúvida.

— Não paramos para pegar roupas para ele. Eu levo depois.

— Não precisa. Fiz compras. Ele vai ter o suficiente na casa da Katelyn.

Me mata quando ele fala da Katelyn. Ele fala de um jeito como se fosse a casa dele. Noah entra no carro e acena para mim. Nem beijo de tchau nem nada. Ele sabe que Nick e eu não estamos nos dando bem e quer ficar o mais distante possível de mim. Não posso culpá-lo.

Liam fecha a porta e caminha até mim. Não estou preparada para olhar para ele. Sua expressão é indiferente, como se fosse Liam Page olhando para mim agora, como se eu fosse uma de suas conquistas com quem ele teve um filho por acidente.

— Você não pode tirá-lo de mim, Liam. Ele é tudo que eu tenho.

Os olhos de Liam são afiados quando ele me olha.

— Eu não vou tirá-lo de você, Josie, mas não vou ficar parado vendo Nick agir desse jeito. Eu tentei. Fiz tudo o que você me pediu. Eu ligo para ele todos os dias, eu voltei. Diabos, comprei uma casa só para ele ter um lugar onde possa se sentir confortável. Cansei de me curvar para agradar o seu *namorado*. Eu sei que Nick o criou, mas ele é nosso filho, Jojo.

— Eu sei — digo, sufocando.

— Eu não sei. Parece que o Nick está tentando provar alguma coisa, como se ele tivesse vencido ou algo assim. Eu sei que ele queria você na escola e não é nenhum segredo que ele e eu não éramos amigos, mas isso... algo está acontecendo com ele e não me agrada.

Liam se inclina, me beija na bochecha e sai sem dizer adeus. Fico olhando seu carro, o carro que está transportando toda a minha vida, se afastar. Eu viro e olho para a vitrine da pizzaria. Todo mundo está rindo e se divertindo. Eu me apoio na parede e escorrego para baixo, apoiando a cabeça nas mãos.

— *Olha, Nick Ashford me pediu para te entregar isto.* — *Katelyn segura um bilhete dobrado, acenando para frente e para trás.* — *Você e o Liam estão brigando?*

— *Não, por que você perguntaria isso?* — *questiono ao colocar meus livros dentro do armário.*

— *Não sei. Por que outra razão Nick Ashford teria escrito uma carta de amor?*

Eu fico ereta e a olho. Ela está sorrindo, suas sobrancelhas levantadas.

— *Eu não faço ideia.* — *Pego o bilhete. Ela o move depressa, mantendo-o longe do meu alcance.*

— *O que é isso?* — *Mason apanha o papel da mão dela. Katelyn tem uma expressão de "ai, merda" no rosto quando Mason o abre. Ele fica parado, apertando a mandíbula. Ele se vira e olha para mim. Eu deslizo contra o meu armário.*

— *Você tem tesão pelo Nick Ashford?*

— *Não, de jeito nenhum* — *eu respondo, me defendendo.*

— *Espere até Liam ver isso aqui* — *Mason diz.*

— *Ver o quê?* — *Liam se abaixa para me beijar antes de se virar para Mason.* — *O que é isso?* — *ele pergunta quando Mason lhe entrega o pedaço de papel. Liam olha do papel para mim e de volta para o papel.* — *O que é isso, Josie?*

— Eu não sei. A Katelyn que trouxe para mim. Nem sei o que está escrito.

Liam olha para Katelyn, que dá de ombros.

— Ele me deu isso na aula de história.

— Aqui diz — Liam começa. — Querida Josephine, você percebe o quanto é linda? Vejo você nos corredores e desejo que eu tivesse a coragem de falar com você, mas não tenho. Eu não saberia o que dizer. Eu gostaria de te conhecer melhor. Me liga. Nicholas Ashford.

Mason e Liam começam a rir, e isso me irrita. Eu me afasto deles sabendo que Nick acabou de comprar uma surra. Katelyn deveria só ter me dado o bilhete em vez de sacudi-lo daquele jeito.

Antes que eu possa virar e entrar na minha classe, uma mão forte me empurra pelas portas duplas. Eu sei que é Liam mesmo que ele esteja atrás de mim. Ele me leva para o campo de futebol americano, seu lugar preferido para conversar, só que nós não estamos falando nada.

Ele me empurra contra a parede de concreto, e minhas pernas envolvem seus quadris no mesmo instante. Sua boca ataca a minha, nossas mãos estão em todos os lugares.

— Você quer ligar para o Ashford? — ele pergunta, passando da minha boca para o meu pescoço.

Balanço a cabeça negativamente e é a verdade. Não tenho vontade de conhecer Nick Ashford ou de falar com ele mais do que como sua colega de classe.

— Ele tem inveja de mim, amor. Ele quer tudo que eu tenho. Por favor, não dê isso a ele.

— Não vou, eu prometo.

Eu pressiono meus dedos nas têmporas, tentando acabar com a pressão usando minha força de vontade, quando a porta de abre. Nick está ali olhando para mim. Algo tem que mudar. Ele estende sua mão para me ajudar a levantar, nossos dedos entrelaçando-se quando andamos até o carro. Ele parece muito mais relaxado quando Noah não está por perto e eu não gosto disso. Eu quero o meu filho perto o tempo todo.

Quando chegamos em casa, ele me empurra contra a parede e me beija, sua língua ávida e forte, emaranhando-se à minha. Ele se livra da camisa e puxa a minha. Eu o afasto de mim, mas ele pensa que é só para ganhar espaço suficiente para eu tirar minha blusa.

— Precisamos conversar — digo sem fazer contato visual.

Ele me solta e nos leva para a sala de estar. Nós dois nos sentamos. Eu me viro de frente para ele, colocando meu joelho debaixo do corpo.

— Você não pode mais brigar com o Liam. Não é justo com o Noah. Eu sei que estraguei as coisas quando tomei a decisão de contar ao Noah sobre o Liam, mas o que está feito está feito. Não posso mudar. Temos que aceitar que Liam agora é parte das nossas vidas e seguir em frente.

Nick leva minha mão aos lábios e a beija.

— Você está certa. Tenho sido um idiota e você também está certa sobre seguir em frente; e é por isso que nós vamos nos mudar.

Olho para Nick, estupefata. Sei que meus ouvidos devem estar me enganando. Ele tem um consultório estável aqui e eu estou no processo de expandir a minha loja. Nem ferrando eu vou me mudar.

— Desculpa, mas o que você acabou de dizer? — Minha voz trava na garganta e mal posso respirar.

— Vou tirar um período sabático e nós vamos ficar um ano na África. Vou trabalhar no Médicos sem Fronteiras. — Percebo pelo seu olhar que ele está falando sério e acha que nós vamos com ele. Ele tomou essa decisão monumental sem nem me consultar. Minha escolha em contar a Noah sobre Liam é nada comparada a isso.

— Não — sussurro. Balanço a cabeça. Não vou a lugar nenhum.

— Vai ser bom pra nós. Noah vai aprender muito.

Tiro a mão da sua e me levanto.

— O Noah e eu não vamos, Nick. Você não pode tomar uma decisão dessas por nós sem falar comigo primeiro. Liam...

— Não dou a mínima para o Liam, Josie. Ponha isso na sua cabeça. Vou levar minha família e nós vamos.

— Não, não vamos. Você pode ir, mas nós vamos ficar aqui.

Nick se levanta e se coloca na minha frente.

— O que você está dizendo?

Olho para o homem que eu amei durante os últimos seis anos.

— Se você quer ir, Nick, então vá, mas Noah e eu ficaremos aqui. Noah tem a escola e as atividades dele, e não vou tirá-lo do Liam enquanto eles estão construindo um vínculo. E eu tenho a minha loja. Não posso simplesmente ir embora, eu não vou. Isto... não está aberto a discussão.

— Então é isso. Você está escolhendo o Westbury e não eu?

Balanço a cabeça.

— Não, Nick, eu estou escolhendo o Noah.

Capítulo 29
Liam

Noah e eu abrimos a última caixa de roupas que eu trouxe de Los Angeles. Decidi morar em Beaumont e vou ficar indo e voltando de Los Angeles. Harrison e Quinn vão passar o Natal com a gente. Harrison não tem muita família e, quando contei sobre Beaumont, ele perguntou se eles poderiam vir.

A única coisa que eu não fiz foi contar a Sam que eu saí da cidade. Vou ficar com a minha cobertura até o fim de março e depois disso vou ter que encontrar lugares temporários para ficar. Espero que Jimmy e Harrison não se importem de gravar aqui.

Quando contei a Harrison sobre Noah, ele ficou animado e apoiou completamente meu novo plano. Ele disse que entendia por que eu precisava fazer a mudança e que provavelmente faria a mesma coisa se ele tivesse acabado de descobrir sobre o Quinn.

As coisas com Josie estão melhores, porém inexistentes, mas não estou preocupado com isso. Ela precisa de tempo para se curar do seu rompimento e eu preciso de tempo para ser pai. Tenho muitos anos para compensar.

Vamos receber uma árvore de Natal amanhã. Com tudo desempacotado e guardado nos seus devidos lugares, a entrega não poderia ter vindo em melhor hora. Katelyn e as garotas estão vindo para decorar — aparentemente isso é a especialidade da Elle. Quem sou eu para negar a três belas mulheres a oportunidade de fazer todo o trabalho duro?

A campainha toca e Noah grita "Eu atendo!" do topo das escadas. Eu me encolho quando o ouço descendo as escadas com os pés pesados. Josie e eu morremos de medo que ele escorregue e quebre alguma coisa, mas ele não dá ouvidos a nenhum de nós. Talvez vá ouvir quando estiver no pronto-socorro.

Ouço a queda de alguma coisa e o barulho de estilhaços. Corro da cozinha, atravessando a sala de jantar, em pânico, porque não consigo ouvir o Noah; ele está quieto demais.

— Noah, você está...

Paro de repente. Ela está ali com uma caçarola espalhada por cima dos pés, a mão cobrindo a boca aberta, olhos lacrimejando. Coloco a mão no ombro de Noah e olho para ela. Ela envelheceu, mas obviamente fez algumas plásticas. Não sei dizer se usa o mesmo batom que usava quando eu era pequeno, mas, de alguma forma, acho que ela não mudou muito.

— Noah, por que você não pega luvas, um pano e uma sacola plástica para a gente limpar isso?

— Tá bom, pai.

Noah corre em direção à cozinha. Espero alguns segundos, olhando nos olhos dela. Ela está observando Noah.

— O que você está fazendo aqui?

Ela olha para mim, o mesmo olhar frio que eu conhecia. Se eu não soubesse, diria que ela me odiava. Que talvez eu tenha arruinado a vida dela.

— Eu estava... ele é... caçarola e... você é...

— Você está realmente sem palavras... ou a vodca finalmente prejudicou sua capacidade de agir como um ser humano normal?

— Eu não bebo há cinco anos — ela diz.

— Parabéns. Você deve ir embora antes que meu filho volte. Não quero explicar por que estamos conversando como se já nos conhecêssemos.

— Liam...

— Não — eu digo, passando sobre a meleca que ela criou na minha varanda. Fecho a porta silenciosamente atrás de mim, para que eu possa ser franco com ela. — Você não pode vir aqui e dizer "Liam" e nem "meio Liam". Você ficou parada olhando quando ele me expulsou de casa. Era para você me proteger e você deveria estar protegendo o Noah. Você mora na mesma maldita cidade e ele é igualzinho a mim, então não me diga que você não viu ele ou a Josie por aí. Você deveria ter me contado. Você era a única que sabia como me segurar e não fez isso.

— Me desculpe, eu tentei, mas você conhece o seu pai. Ele foi inflexível.

— Não quero desculpas. Eu perdi dez anos que poderia ter passado com ele. Dez!

— Posso conhecê-lo?

Tenho que desviar os olhos, pois olhar para ela — rímel escorrendo pelo rosto como uma prostituta da Sunset Strip — não está me fazendo muito bem. Odeio vê-la assim e, infelizmente, é minha memória mais vívida dela.

— Por que eu deveria deixar você fazer isso?

— Você não deveria. Não sou uma boa pessoa, Liam. Eu sei disso. Porém, tento fazer algo bom para alguém o tempo todo. Estou tentando ser independente e não tão...

— Robótica?

— Era assim que você me via?

— Sim, era — digo, indo em direção à porta. — Você pode conhecê-lo, mas o Sterling não. Não o quero em nenhum lugar perto do meu filho.

Ela assente e entra comigo em casa. Noah está sentado nos degraus com os suprimentos de limpeza nas mãos.

— O que você está fazendo sentado aqui? — pergunto.

— Você estava tendo uma conversa particular. Não queria interromper.

— Ele é tão educado. — Eu faço que sim, porque ele é. Josie o criou bem.

— O banheiro fica no corredor. Noah e eu vamos limpar a sujeira.

Bianca Westbury caminha pelo corredor em uma casa que é minha. Eu juro que nunca pensei em ver esse dia na minha vida. Limpamos a varanda e Noah joga água com a mangueira. Receio que os degraus vão congelar durante a noite, então teremos que prestar bem atenção de manhã.

— Quem é a mulher? — ele pergunta. Quero dizer que é uma estranha, mas ela está aqui e pedindo uma oportunidade que eu tenho certeza que Josie não vai querer que ela tenha. Suponho que, se ela quer ver o Noah, ela pode vir aqui e fazer isso.

Eu olho por cima do ombro e vejo Bianca ali torcendo as mãos. Ela se limpou o melhor que podia, mas ainda está nervosa. Eu nunca a vi tão insegura de si mesma. Faço um gesto para ela se sentar na sala de estar. Ela pega uma das poltronas, enquanto Noah e eu nos sentamos no sofá.

— Lembra quando você perguntou se poderia conhecer os meus pais? — Noah faz que sim. Seus olhos se iluminam no momento em que menciono meus pais. Queria que não tivessem, pois meus pais não são exemplo de nada. — Noah, esta é Bianca Westbury, minha mãe.

Noah olha para minha mãe... como se a estudando, aprendendo tudo o que pode a respeito dela. Ela passa a mão nos cabelos e dá um sorriso suave para ele, aperta uma das mãos na outra e depois arruma a saia de novo.

Noah olha para ela e para mim repetidamente e balança os ombros.

— Como eu chamo a senhora?

Bianca se senta para frente, suas mãos apoiadas nos joelhos.

— Oh, hum... Não sei... Eu... Vamos ver...

— Eu chamo os meus de vovó e vovô e... engraçado, né, pai?

— Pai — Bianca sussurra. Ela olha para mim e sorri. — Acho que se você me chamar de Avó Bianca está tudo bem. — Ela assente e seu rosto se ilumina. — Sim, acho que eu gostaria de Avó Bianca.

— Tudo bem, legal.

— Sim, legal — ela diz. Eu começo a rir e Noah também. Não acho que Bianca já disse a palavra "legal" antes na sua vida.

— Noah, me conte tudo sobre você. — Com essas palavras, eu efetivamente fui eliminado da conversa. Ela vai até o sofá e se senta ao lado dele. Eu me lembro dela assim quando era pequeno, antes de as coisas começarem a mudar na minha casa.

Deixo-os na sala de estar para se conhecerem. Pego meu telefone e ligo para Josie. Ela precisa saber sobre a minha mãe ter vindo e conhecido Noah e eu prefiro contar a ela antes que Noah deixe escapar.

— Oi — Josie diz no terceiro toque. Começamos a conversar todos os dias, mas tenho evitado falar sobre os meus sentimentos. Quero que ela venha até mim quando estiver pronta. Não gosto de ser o prêmio de consolação de ninguém e, se ela me quer, tem que ser para sempre. Neste exato momento, estou feliz em tê-la na minha vida sem dramas.

— Você não vai acreditar em quem bateu na minha porta meia hora atrás.

— O homem da entrega? — Ela tem tirado muito sarro de mim sobre a quantidade de entregas, mas eu nunca recebi minha própria mobília antes. Posso ter exagerado um pouco com algumas das minhas compras, mas planejo ser dono dessa casa para sempre e preciso que ela seja decorada adequadamente.

Dou risada.

— Bianca.

Josie só sabe o que eu sentia em relação aos meus pais no ensino médio. Não contei a ela sobre o ultimato de Sterling quando decidi largar a faculdade. Espero que Josie fale alguma coisa. Não há nada além de silêncio do outro lado da linha.

— O que foi, Jojo?

— Ela simplesmente apareceu?

— Ela estava trazendo uma caçarola para os novos moradores. O que está acontecendo? — Seu tom está me deixando curioso. Ela é geralmente alegre quando conversamos e, no momento, parece cabisbaixa.

— Nada — ela diz e pigarreia. — Então você não quer que eu leve o jantar hoje à noite?

Mesmo que a caçarola estivesse na minha cozinha, eu ainda iria querer que ela trouxesse o jantar, pois tê-la na minha casa, saber que ela não vai para casa com mais ninguém, é uma ótima sensação. Mal posso esperar para levá-la escada acima, colocá-la na nossa cama e deixá-la ali para sempre.

— Estou esperando você para o jantar, então é melhor se apressar. — Ela começa a rir e me acusa de usá-la por causa de suas habilidades malucas de culinária, mesmo que ela vá pedir pizza. Não nego, mas é uma ótima desculpa para tê-la aqui noite após noite. — Vejo você já, já — digo antes de desligar.

Dou uma olhada na sala. Eles ainda estão sentados compenetrados em uma conversa. Eu os observo interagindo e me pergunto como ela pôde permitir que Sterling fosse do jeito que ele era. Ela está radiante de emoção quando fala com Noah, então por que ela não pôde ser assim comigo?

Capítulo 30
Josie

Nick foi embora já faz três semanas. Na mesma noite que ele me disse que ia se mudar, ele se foi. Não sei para onde. Precisando de uma distração, fui trabalhar no dia seguinte e dei à Jenna um sábado de folga. Quando cheguei em casa, as coisas dele haviam desaparecido. Ele não tinha muito, só roupas, na maior parte, mas senti sua ausência quando entrei no banheiro e vi que seu creme de barbear e escova de dentes não estavam mais lá.

Sinto falta do Nick. Sinto falta do seu riso, do seu conforto e de como eu me sentia quando ele me abraçava à noite. Meu coração não está partido. Ainda não sentei para chorar, exceto na noite em que ele se foi. Não é justo com ele eu me sentir assim. Ele fez a coisa certa ao ir embora. Com isso, ele salvou nós dois. Só quero saber se ele está bem.

Noah e eu vamos passar o Natal na casa do Liam, com Katelyn e as meninas. Vamos ser uma grande família estendida, lidando com a perda de um amigo, de um marido e de um pai: juntos. Katelyn e as meninas estão com Noah e Liam, decorando. Liam queria esperar até eu chegar, mas falei para irem na frente. Vou ter bastante coisa para fazer depois.

Hoje, Jenna deveria estar trabalhando. Estamos ocupadas. Não que eu esteja reclamando sobre ter clientes, mas um par a mais de mãos seria bom neste exato momento. Meu entregador definitivamente está engordando sua caixinha de Natal com todas as gorjetas.

— Feliz Natal, Sra. Potter.

— Ah, Feliz Natal, Josie, eu amo sua lojinha na época das festas. Você fez um trabalho excelente com suas decorações e as flores.

— Obrigada. O que posso fazer pela senhora hoje?

— Eu queria um arranjo de rosas vermelhas e lírios brancos para dar contraste no meu hall de entrada.

— Claro.

Deixo a Sra. Potter enquanto ela examina as poinsétias. Outro cliente pede certo tipo de flores e eu digo onde está, antes de entrar na câmara refrigerada. Pego as rosas e os lírios e junto com algumas outras flores festivas antes de voltar. Há uma loira alta se demorando no caixa, mas ela não tem nada na mão, então eu sorrio e digo que venho atendê-la em um minutinho.

— Oi, com licença, você é Josephine Preston?

— Sou sim — digo enquanto começo a arrumar as flores em um vaso de cristal para a Sra. Potter. Ela é uma das minhas clientes habituais, que sempre tem flores frescas em casa para alguma coisa. A nova cliente simplesmente fica ali, sem falar, então eu continuo o trabalho. Termino o arranjo da Sra. Potter e levo-o para o caixa, onde ela acrescentou outras plantas. Depois que passo as compras e ela faz o pagamento, eu a ajudo a carregar tudo até o carro.

— Obrigada, querida.

— De nada. Eu que agradeço pela senhora fazer compras aqui. É muito importante para mim. — Ela me beija na bochecha antes de entrar no carro. Volto apressada para dentro; está um gelo aqui fora. Esfrego as mãos nos braços.

Passo as compras dos clientes restantes e começo a trabalhar na minha próxima encomenda, avaliando os poucos fregueses ainda na loja.

A loira caminha até o balcão e coloca a bolsa em cima. Seus óculos de sol seguram o cabelo para trás e eu olho rapidamente para fora em busca de qualquer indício de que o sol tenha saído, mas não vejo nenhum. Os turistas sempre dão na cara.

— Posso ajudar? — pergunto.

— Eu pensei que poderíamos conversar — ela diz. Tenho de olhar para ela novamente para me certificar de que não a conheço de lugar nenhum. Confirmo: não conheço.

— Você gostaria de marcar um horário para uma consulta sobre casamento ou alguma coisa assim?

Ela sorri quando menciono casamento; deve estar apaixonada.

— Não acho que meu homem ficaria feliz se eu fizesse planos de casamento sem ele.

— Você ficaria surpresa. A maioria não se importa.

Damos risada. Ela vai aprender que os homens apenas dizem "tudo bem, o que você quiser, amor". Pego minha agenda e procuro o próximo horário disponível.

— Não precisamos marcar hora. Eu só queria te dar isso. — Ela me entrega um envelope de papel pardo, bem leve. Olho para o endereço do remetente. É um advogado em Los Angeles. Isso deve ser a papelada para Noah se tornar o herdeiro do Liam.

— Obrigada — eu digo, colocando-o de lado.

— Você não está nem interessada no que acabei de te entregar? — Ela se apoia no balcão, e suas longas unhas vermelhas chamam minha atenção. Seu sorriso de canto de boca é diabólico, como se ela estivesse planejando alguma coisa cruel e eu sou o fim da piada.

Pego o envelope e abro. Assim que tiro os papéis e os leio com cuidado, uma onda de raiva ferve sob minha pele. Ele fez o que prometeu que não faria. Coloco os papéis de volta no envelope e o ponho debaixo do balcão, ao lado da minha bolsa.

— Você realmente deveria ter só enviado pelo correio. Parece uma viagem desperdiçada. — Eu tento ocupar minhas mãos enquanto tudo que eu quero fazer é expulsar todo mundo e correr para a casa do Liam e buscar o meu filho.

— É meu trabalho garantir que as necessidades do meu cliente sejam atendidas ao máximo.

— Cliente de sorte — respondo, secretamente desejando que ela vá embora. Ela já fez o trabalho dela. Não há necessidade de ficar por mais tempo.

— A propósito, sou Sam Moreno. — Ela estende a mão, mas não movo um músculo. Não tenho vontade de ser amigável com ela. Ela puxa a mão de volta. — De qualquer forma, eu sou a empresária do Liam. De agora em diante, você vai passar por mim quando o assunto for seu filho e o Liam. Além disso, a última página dos documentos que eu acabei de te dar é um teste de paternidade.

— Um quê? — Minha voz é um guincho.

— Bem, você não pode esperar que alguém como Liam Page possa simplesmente dar dinheiro a uma criança que talvez não seja dele, não é mesmo? Quero dizer, tenho certeza de que foi isso que você pensou que ele faria quando você largou seu filho na porta dele, como uma vadiazinha caçadora de recompensas. Você pode ter vontade de mamar na vaca leiteira do dinheiro o quanto quiser, mas eu posso te assegurar que não vou deixar isso acontecer.

— Você pode ir embora agora. — Mordo a língua para não falar coisa pior. Eu sei que ela só está fazendo o trabalho que Liam a contratou para fazer, mas eu quero arrancar os olhos dela com as minhas tesouras de flores e vê-los sangrar pelo seu rosto presunçoso.

Ela sorri, pega a bolsa e vai embora.

Os clientes continuam lá, mas nenhum parece ciente do que acabou de acontecer. Vou até eles com calma e digo que tive uma emergência e que vou precisar fechar mais cedo. Ofereço um desconto na próxima compra e prometo que vou abrir no dia seguinte. Felizmente, eles não ficam muito aborrecidos.

A viagem até a casa do Liam é um caos. Nem sei quando começou a nevar, mas as ruas levemente cobertas de neve tornam o caminho difícil. Respiro fundo para me acalmar quando paro na entrada da casa. Ele decorou o exterior com luzinhas brancas e há luz de velas em cada janela, algo que eu sugeri. Tem também uma grinalda verde com um grande laço vermelho pendurado na porta da frente.

Pela primeira vez, notei que meu nome aparece no enfeite de Papai Noel na varanda. Diz *Liam, Josie e Noah vivem aqui*. Passo os dedos nos nossos nomes antes de bater.

A porta abre para dentro. Liam está parado na minha frente. Ele parece confuso, suas sobrancelhas estão franzidas.

— Por que você está batendo?

Eu deveria ter treinado o que ia dizer. Não consigo olhar para ele. Eu só quero o meu filho.

— Eu vim buscar o Noah.

— Como assim você veio aqui buscar o Noah? Temos planos hoje à noite.

— Eu... as coisas mudaram. Preciso levar meu filho para casa agora.

Liam dá um passo para frente e desce para a varanda, fechando a porta atrás dele. Está na varanda de tijolinhos: descalço, de camiseta e jeans. Ele deve estar congelando.

— O que está acontecendo? — ele pergunta. Eu me afasto, criando espaço entre nós, mas só para ele se aproximar. Balanço a cabeça. Não consigo olhar para ele. Eu não vou olhar.

— Jojo — ele diz, estendendo a mão para mim. Eu a afasto com um tapa.

— Não me chame assim.

— Qual é o problema? — Seus olhos lampejam de raiva.

— Nada — respondo rispidamente. — Eu quero meu filho e quero ir para casa.

— Nosso filho — ele diz entredentes.

Dou risada do seu "nosso".

— Tem certeza disso, Liam Page?

O olhar que ele me dá é de confusão e dor. Posso ver a dor ali quando eu o chamo pelo seu nome artístico.

— De que porra você está falando, Josie?

Não consigo aguentar mais. Não suporto ficar aqui enquanto ele se faz de idiota. Tiro o envelope da minha bolsa.

— Isso — eu digo entre as lágrimas, batendo os papéis no peito dele. — Você fez isso depois de prometer que não faria. Eu confiei em você... e mais uma vez você partiu meu coração.

Liam tira o envelope das minhas mãos e o abre com violência. Ele lê a primeira página e, em seguida, todas as outras. Seu rosto fica branco.

Quando ele me olha, eu vejo medo.

Capítulo 31
Liam

Josie só bateu uma vez desde que eu me mudei. Então, quando abro a porta e a vejo parada ali, sei que tem alguma coisa errada. Percebo que ela está chateada. Sua postura na varanda é desafiadora. Ela está furiosa e não sei o que eu fiz, mas sei que a raiva é por minha causa.

Sair para a varanda é provavelmente a coisa mais idiota que eu fiz na semana inteira. Está frio, nevando, e não estou usando meias nem sapatos. Sem casaco, eu não me importo. Estou tentando ser sério com ela quando tudo o que eu quero fazer é correr de volta para o calor da minha casa.

Não há nada mais frustrante do que uma mulher que não te fala qual é o problema quando você pergunta. Quero pegá-la e arrancar a resposta dela. Ela fica na minha frente, seus ombros curvados, recusando-se a olhar para mim, a me mostrar seus lindos olhos que eu consigo ler como se fossem um livro aberto.

Abro o envelope de papel pardo que ela bate no meu peito. Meus olhos leem palavras como custódia, visita, pensão alimentícia e residência na Califórnia. A última página acaba comigo: diz que eu estou pedindo um teste de paternidade para determinar se a criança conhecida como Noah Michael Preston é meu filho.

Josie cruza os braços sobre a barriga como se tivesse levado socos ali. Ela não se preocupa em limpar as lágrimas que começaram a escorrer por seu lindo rosto, agora marcado pela decepção, com meu nome anexado nela. Não me admira que ela queira levar o Noah. Eu disse que nunca tiraria o Noah dela e estes papéis estão dizendo que eu pretendo tirar.

Isso não é o que eu quero. Quero que sejamos uma família. Eu nunca nem pensei sobre essas coisas quando descobri sobre o Noah. Nunca, em um milhão de anos, esse pensamento chegou a cruzar a minha mente.

— Onde você arranjou isso? — eu questiono. Agarro os papéis, amassando-os na mão e os sacudindo. Ela revira os olhos e dá as costas para mim, o que me irrita ainda mais.

— Eu só quero pegar o Noah e ir para casa.

— Me responda.

Ela balança a cabeça.

— Só me dê o meu filho! — ela grita, suas mãos instantaneamente cobrindo o rosto.

Não posso, não vou. Não vou entregar o Noah sem ter as respostas que eu quero dela. Pego-a pelo braço e a puxo para dentro da casa. Ela resiste, lutando contra mim, quando eu a arrasto pela cozinha e depois descendo as escadas até o meu estúdio. É uma sala à prova de som, então podemos gritar um com o outro, e Noah não vai nos ouvir.

Eu a empurro dentro do cômodo e bato a porta com força, trancando-a atrás de nós.

— Quem te deu essas porras desses documentos, Josephine? — Odeio dizer o nome completo dela, mas é o que chama sua atenção. Ela olha para mim, determinada.

— Sabe, eu pensei que podíamos trabalhar nesse negócio de guarda compartilhada, mas eu estava errada. Não quero seu dinheiro, Liam. Não preciso disso. Noah e eu conseguimos nos virar todos esses anos sozinhos, então você não tem que se preocupar sobre eu mamar no seu dinheiro.

— Josie...

— Não, me deixa terminar. — Ela ergue a mão, afastando-se de mim o máximo que consegue.

— Não! — eu grito com ela. — Não vou deixar. Me fala quem te deu esses malditos papéis. Não tem selo, então eu sei que foram entregues em mãos. Estou muito próximo de perder a calma aqui, então só me fala de uma vez.

— Por que isso importa?

— Porque isso tudo é uma merda mentirosa! — eu grito. — Não fui eu que fiz isso. Eu não quero isso. Não quero tirar o Noah de você ou de Beaumont.

Vou andando, determinado, até ela e a empurro na parede. Meu corpo está pressionado contra o dela, e minha mão envolve seu rosto delicadamente. Não quero fazer nada além de beijá-la e rasgar todas as camadas de roupa de inverno do corpo dela e sentir sua pele contra a minha.

— Eu amo o nosso filho, Josie. Eu o amo muito. Eu nunca faria nada que fizesse ele sofrer, e tirá-lo de você provocaria exatamente isso. — Tento acalmá-la. Sei quem está por trás disso e para mim é a gota d'água.

— O nome dela é Sam — ela diz tão baixo que eu quase não a ouço, mas ouvir "Sam" escapando dos lábios dela é a única resposta que eu preciso.

— Me escute — eu digo, levantando seu queixo para que ela olhe para mim. — Eu comprei esta casa pensando em você. Estou aqui porque é onde minha família está: você e o Noah. Eu quero ficar com você.

— A Sam é a minha empresária e claramente passou dos limites. Eu não sei como ela sabe sobre o Noah, mas eu vou descobrir. A última coisa que quero é fazer você sofrer. Eu te amo, Jojo.

— Por favor, não o leve de mim — ela implora. Odeio vê-la chorar. Eu odeio sua expressão de desespero. Vou matar a Sam por fazer isso com a Josie... com a gente. Não precisamos desse drama nas nossas vidas.

Coloco algumas mechas de cabelo solto atrás da orelha dela. Ela se inclina ao meu toque, esfregando sua bochecha na minha palma áspera. Não consigo resistir. Beijo suas lágrimas até encontrar sua boca. Dou três beijos em seus lábios, os dois primeiros nos cantos, antes de testar sua reação no meio. Ela é receptiva. Suas mãos me puxam para frente, para ela.

Paro cedo demais, para nós dois. Eu a quero, mas não assim.

— Você não me quer? — ela sussurra nos meus lábios.

Eu quero, muito, mas não assim. Não no meu estúdio, onde Noah pode nos ver. Eu me afasto dela e olho em seus lindos olhos azuis.

— Quero cada parte sua na minha vida, Jojo, quando você estiver pronta.

Voltamos para o andar de cima, de mãos dadas, deixando os papéis no meu estúdio. Vou cuidar deles depois. A primeira coisa que eu preciso fazer é ligar para o meu advogado e fazê-lo se retratar. Eu nem sei o que fazer com a Sam. Outra pergunta para o meu advogado: posso demiti-la? Quanto vai custar para sair deste contrato? Ela foi muito longe dessa vez.

Noah e eu começamos a montar a árvore, centralizando-a em frente à grande janela panorâmica que dá para a rua. Josie entra, seu rosto reservado. Eu conheço todas as expressões que ela tem e esta é hesitante, como se ela estivesse pisando em ovos. Preciso corrigir isso e rápido.

Inclino a árvore de propósito. Quando ela perde o fôlego, eu viro a cabeça e escondo meu sorriso. Ela começa a nos dar ordens, esquerda e direita, e joga as mãos para o alto quando não a ouvimos. Ela deixa nós, homens, com a tarefa difícil de fazer nossa árvore ficar em pé, enquanto ela vai até a cozinha e começa a trabalhar nos aperitivos desta noite. Katelyn, as meninas, Harrison e Quinn estarão aqui logo, logo, para nossa festa de decoração.

Os homens Westbury não aceitam nada disso, e Noah e eu entramos de fininho na cozinha. Ele a aborda de um lado e eu do outro. Quando ela grita de susto, nós começamos a rir. Não posso deixar de beijá-la. Ouço Noah rir e sair, então eu a beijo novamente. Eu sei que não deveria, mas tenho que fazer isso.

Eu a beijo uma terceira vez, de leve nos lábios, quando a porta da frente se abre de uma só vez. Katelyn grita para as meninas terem respeito. Josie me empurra. Deveria ferir meus sentimentos, mas não. Eu sei que ela quer se concentrar em Katelyn durante as festas de fim de ano. Eu tomo a decisão de começar a seduzir minha garota. Ela precisa de romance.

Quando Josie e eu levamos a comida para a sala, as crianças, como abutres, atacam na hora. Deixo-os para atender a porta. Harrison e Quinn estão ali, os dois segurando buquês de flores.

— Não precisavam se incomodar — digo, pegando as flores.

— Bem, você é um *gostoso* — Harrison diz, piscando sedutoramente. Eu os convido para entrar e os direciono para as festividades. Josie e Katelyn olham para cima e sorriem quando entramos.

— Esta é minha Josie e o nosso filho, Noah. — Eu aponto para Noah, que olha brevemente e acena.

— Prazer em conhecê-lo, Harrison. Oi, Quinn — diz Josie, abaixando-se para ficar da altura dele.

Quinn acena e se aproxima do pai, mas entrega o buquê de flores para a Josie.

— Você sabe que ela é florista, né?

— Cala a boca, Liam. São lindas! Obrigada, Quinn. — Josie me olha como se eu tivesse algum tipo de problema. Eu meio que queria ter me aproveitado dela lá embaixo se é para ela me olhar desse jeito.

— Harrison, esta é nossa amiga, Katelyn, e suas filhas, Peyton e Elle. — As duas meninas olham e sorriem antes de voltarem a organizar os enfeites.

Katelyn aperta a mão de Harrison e, em câmera lenta, ele lhe entrega o buquê. Ela aceita as flores, trazendo para perto do rosto e inalando o perfume. Ela ergue os olhos para ele, sua mão ainda segurando o buquê.

— Oi — ele diz, como se tivesse acabado de correr oito quilômetros.

— Merda — eu digo, balançando a cabeça. Josie olha deles para mim, arregalando os olhos.

Dou um tapinha no ombro de Harrison e começo a rir. Ele vai para frente, antes de se conter, sem nunca tirar os olhos de Katelyn. O Natal oficialmente se torna interessante.

Capítulo 32
Jasie

O cheiro do café me faz acordar. Enterro meu rosto no travesseiro e o perfume persistente do pós-barba Burberry percorre o caminho até os meus sentidos. Liam me beijando no estúdio e, de novo, na cozinha passa pela minha mente outra vez. Estendo as mãos para ele. Só preciso senti-lo, ter seu toque queimando minha pele, sabendo que ele é o único que pode apagar o fogo.

Seu lado está vazio e frio, e eu me sento de repente. As colchas da cama estão lisas, intocadas. Seu travesseiro não está aqui. Caio de volta no meu e cubro o rosto. Não acredito que o mero cheiro dele pode resgatar memórias tão vívidas.

— *Tem certeza de que não vamos ter problemas?* — *Estou sussurrando mesmo que ele tenha me garantido que seus pais não estão. Não só saíram para o trabalho ou para o supermercado, estão dentro de um avião, seguindo para um cruzeiro. Como ele os convenceu a deixá-lo em casa, eu nunca vou entender, mas não me importo, pois assim posso ter Liam todo para mim.*

Ele abre a porta da garagem para a casa. Paramos brevemente na cozinha, enquanto ele tira duas garrafas de água da geladeira. Subimos as escadas lado a lado, até chegarmos ao quarto dele. Ele me entrega a água e tira o lenço de seda do meu pescoço. Chegando atrás de mim, ele salpica beijos ao longo do meu pescoço antes de amarrar o lenço nos meus olhos.

— *O que você está fazendo?*

— *Confie em mim* — *diz ele na minha pele.*

Eu confio nele. Com a minha vida.

Ele abre a porta do quarto, as mãos debaixo da minha blusa, seus dedos me guiando para frente. Sua porta se fecha com uma pancada. Dou um salto. Com minha visão prejudicada, meus outros sentidos estão mais acentuados.

Liam está atrás de mim, sua respiração pesada. Quando ele se afasta, quero segui-lo. Ouço um clic, e o aroma de canela e algo doce, como biscoitos, permeia o ar.

Ele tira as garrafas da minha mão e me puxa em sua direção. Eu tropeço nele. Minhas mãos seguram seus braços, para eu não cair.

— Eu nunca vou deixar você cair, Jojo.

Ele me leva para o meio do seu quarto e no centro de seu abraço, e acaricia a minha bochecha.

— Eu adoro quando você fica vermelha — ele diz com a voz rouca. Seus lábios acham os meus, urgentes de desejo, quando ele solta minha echarpe. — Feliz Natal, minha garota — ele diz e arrepios percorrem minha pele. Ele me pega, minhas pernas envolvendo sua cintura enquanto minhas mãos tocam suas roupas. Ele me coloca gentilmente na sua cama e se afasta. Eu o alcanço, fazendo-o rir.

Olho pelo quarto. Ele o decorou com luzes de Natal e com uma pequena árvore com alguns presentes debaixo dela.

— Qual você deseja abrir primeiro? — ele pergunta.

— Você — eu digo, puxando-o em cima de mim.

— Feliz Natal! — A porta se abre e recebo a visão mais linda do mundo: meu filho e o homem que estou tentando desesperadamente não amar. Levanto e tento alisar o ninho de rato que se formou durante a noite na minha cabeça.

Noah pula na cama, com uma caixinha na mão. Liam segue, carregando uma caneca de café. Ele se inclina para baixo quando estendo a mão para a xícara e sussurra "Feliz Natal" no meu ouvido. Eu quero puxá-lo para mim, assim como da última vez em que estivemos juntos no Natal, mas me contenho.

— Isto é para você. — Noah empurra a caixinha na minha direção. Tomo um gole do meu café antes de colocá-lo no criado-mudo. Não sei como não reparei na foto antes, mas há Noah e eu emoldurados e olhando de volta para mim. Não sei quando Liam tirou a foto, mas aquece meu coração saber que sou a primeira e a última pessoa que ele vê antes de ir dormir.

Eu sorrio para Liam, que parece um pouco envergonhado. Vou me certificar de perguntar para ele depois. Pego o presente da mão de Noah e desamarro o grande laço branco de seda. Noah sobe na cama ao meu lado, enquanto Liam senta um pouquinho além do meu alcance.

Levanto a tampa da caixa preta. Aninhado no interior há um pingente de diamante em forma de coração sobre um veludo amassado.

— Olhe dentro — Noah diz, ansioso. Coloco a caixa na cama e passo a unha na borda do coração, que se abre facilmente, e vejo uma imagem de Noah e seu sorriso sem dentes.

— Era para você ficar feliz, não chorar, mãe.

— Estou muito feliz, Noah. Muito obrigada. Adorei.

Ele ergue a mão e bate na de Liam.

— Você estava certo, pai.

Noah salta da cama e se dirige para a porta.

— Vamos, pessoal, O Papai Noel chegou! — Liam começa a rir e fica olhando para a porta até ele sumir. Assim que o escuta lá embaixo, ele se aproxima de mim. Ele pega a caixa da minha mão e tira o colar. Inclino-me para a frente, abaixando a cabeça, e espero que ele prenda a corrente ao redor do meu pescoço.

— Ansiosa? — ele pergunta. Meus olhos encontram Liam, e ele está focado em mim. Afasto meu cabelo para o lado mais distante dele. Ele se inclina para frente, e seu cheiro me envolve. Seus dedos se demoram na minha pele, seguindo o caminho pela minha clavícula.

Viro a cabeça de leve, esperando encontrar seus lábios. Ele não decepciona. Seus lábios tocam os meus muito levemente.

— Liam — sussurro. Ele recua e esfrega a mão sobre o rosto. — O que foi?

— Não foi nada. Só não quero apressar as coisas. Preciso que você esteja pronta, e não tomando atitudes porque está magoada com o Nick.

— Mas...

— Nada de "mas". Você ficou com ele por muito tempo e as coisas mal terminaram. Eu vou ser paciente, Jojo. — Ele levanta e se inclina sobre mim, e tenho que me inclinar para conseguir vê-lo. — Você vai ser minha de novo.

Quando Liam sai do quarto e meus batimentos cardíacos retornam ao normal, desço da cama e visto alguma coisa apresentável. No momento em que abro a porta, estão gritando meu nome no andar de baixo.

Quando entro na sala de estar, sete pares de olhos estão me encarando. Aparentemente, sou a última pessoa a sair da cama esta manhã. Só de olhar para a árvore, eu vejo por que todo mundo está pronto. Papai Noel veio e trouxe o shopping inteiro com ele. Não sei de onde veio tudo isso, mas seja lá quem brincou de Papai Noel fez essas crianças ganharem o ano.

Liam põe um gorro de Papai Noel e vai entregando os presentes um a um. O olhar de alegria se espalha em seu rosto quando ele lê o seu próprio nome. Ele rasga o papel, e com isso as crianças riem. A tampa da caixa sai voando e o papel de seda chove por cima de nós. Ele pega um álbum de fotos e começa a passar as páginas.

— Você gostou? — pergunto, vendo seus dedos percorrerem dez anos de fotos de Noah.

Ele se levanta e corre até mim para me pegar. Passo os braços ao seu redor, nossos rostos enterrados no pescoço um do outro.

— Muito obrigado — ele murmura contra o meu pescoço. — Eu adorei. Adorei muito, Josie.

— Acho que seu pai ama a sua mãe — Quinn diz para Noah. Harrison e Liam começam a rir, assim como Katelyn e eu.

Liam retorna aos seus deveres de Papai Noel. Cada criança vai recebendo ampla atenção a cada presente. Abracei Katelyn durante a manhã toda. Ora ou outra, ela enxuga as lágrimas. Algumas são de felicidade por Liam ter tornado o Natal das meninas tão especial, e outras são por Mason.

Depois que todo o papel de presente é jogado na lareira, Katelyn e eu vamos à cozinha para preparar a ceia de Natal. As crianças se dispersam por toda a casa. Elle está com a gente, enquanto Peyton assiste TV. Os garotos foram lá para fora brincar com suas novas armas de paintball enquanto Liam e Harrison estão no estúdio para testar algumas melodias. Não sei o que isso significa, mas faz Liam sorrir.

Quando terminamos de preparar a ceia, me encolho no sofá com Peyton, enquanto Katelyn se aconchega com Elle em uma poltrona ao pé da lareira. Quando Liam aparece uma hora mais tarde, reclamando que ele e Harrison estão com fome, ofereço-me para fazer o almoço deles. Ele me segue para a cozinha, puxando meu cabelo.

— O que você está fazendo?

Ele caminha em minha direção até que eu esteja encurralada.

— Eu gosto de ver você confortável na minha casa.

— Ah, é?

— Mhm. Precisamos sair juntos.

— O que aconteceu com esperar e ser paciente? — Estou perdendo qualquer força de vontade que já me convenci que deveria ter para ficar perto dele. Eu quero estar com ele, mas também entendo o que ele está dizendo sobre o Nick. Ainda é cedo, mas sei o que quero: é o Liam. Eu o queria no dia que ele entrou na minha loja.

Só estou com medo.

Liam dá de ombros e brinca com os botões da minha blusa.

— Eu vou ser paciente, mas quero passar muito tempo com você.

— Tá.

— É? E quanto ao Ano Novo? Só nós? — Ele está perto o suficiente para nos beijarmos. Me inclino para frente e nessa hora ele vira quando a campainha toca.

— Você não convidou sua mãe, não é?

— Não, definitivamente não. Volto já. — Ele me beija na bochecha e me deixa frustrada e sozinha.

— Oi, querido. — Paro quando ouço a mesma voz do outro dia. Eu ando pelo corredor silenciosamente.

— Sam, que diab...

— Meu Deus! — exclamo alto quando minha mão cobre minha boca.

Capítulo 33

Liam

Esta foi a melhor manhã que eu tive em muito tempo, desde o momento em que Noah e eu acordamos a Josie com o presente dela, até eu abrir o meu. Não vejo a hora de passar horas olhando atentamente cada foto que Josie me deu. Mesmo que eu não esteja nelas, ter fotos de Noah bebê, criancinha, e com sua primeira fantasia de Halloween é tudo para mim.

Eu sei que falei para a Josie que posso ser paciente, mas não tenho certeza se consigo. Vê-la na minha cama, com seu longo cabelo escuro espalhado sobre o travesseiro, me faz querer tomá-la como minha. Eu sabia que estava perdido quando subi reclamando de fome e ela se ofereceu para fazer almoço para mim e para o Harrison.

Vê-la andar pela minha cozinha como se ela fosse dona me faz querer tê-la todos os dias, mas tenho medo. Ela ficou com Nick por bastante tempo e a gente não simplesmente desliga os sentimentos.

Eu deveria saber.

Eu tentei.

O som da campainha me salva de cometer um erro de julgamento. Abro a porta e vejo suas costas, mas eu reconheceria essa cabeça loira em qualquer lugar. Ela se vira e sorri quando entra.

— Oi, querido — ela cumprimenta suavemente. Bato na sua mão quando ela tenta tocar meu rosto com suas unhas falsas.

Ela só dá de ombros e abre o casaco: ela está vestida apenas com calcinha e sutiã minúsculos, meias presas com cintas-ligas. Houve um tempo em que eu acharia isso sexy, mas agora não mais tanto.

— Sam, que diab...

— Meu Deus!

Eu me viro e encontro Josie surpresa. No rosto dela, não há raiva, mas mágoa. Ela sobe as escadas correndo e a batida da porta do meu quarto me faz dar um pulo.

— Cubra-se. Tem crianças na casa.

Saio de perto dela e vou para a sala de jantar. Não a quero nem perto da sala de estar, onde estão Katelyn e as meninas. Katelyn aparece no canto e indica que vai subir. Eu faço que sim e me preparo para o que estou prestes a fazer.

— Sente-se, Sam, precisamos conversar. E se mantenha coberta.

Eu me sento em frente a ela. É uma distância segura para que eu não bata nela e para que ela não tente me tocar.

— Falei com Brandon outro dia.

— Eu também — ela responde alegremente.

— Esse foi o dia em que a mãe do meu filho apareceu exigindo que eu devolvesse o filho dela.

— Eu cuidei de tudo isso, querido.

— Sam, eu não sou seu querido, e nunca vou ser. O que você fez foi errado de inúmeras formas. Eu nunca duvidei que o Noah fosse meu. Também não quero a custódia. A Josie não foi nenhuma garota que conheci nos bastidores; ela era minha namorada. Como é que você ficou sabendo sobre o Noah?

Ela encolhe os ombros e começa a olhar para as unhas. Conheço seu jogo, este é o jogo "eu tenho a resposta, mas não vou te dar". Bato a mão na mesa para chamar sua atenção.

— Estou com a agência do seu pai desde que comecei e nunca, nem uma vez, eu questionei a integridade da sua empresa, mas, neste momento, seu emprego depende disso. Eu sugiro que você me responda.

— Eu não sabia que você o queria — ela murmura.

— O que você disse?

Sam revira os olhos e suspira pesado. Ela age como se estivesse entediada.

— Alguém que dizia conhecer você ligou para a agência logo que você começou. Eu coloquei as mensagens na sua ficha.

Eu mordo o interior da bochecha e aperto as mãos.

— Você sabia que eu tinha um filho e não me contou?

— Meu pai disse que era ruim para a sua imagem.

— ELE É MEU FILHO, PORRA!

Eu me levanto e ando de um lado para o outro, puxando meus cabelos.

— Ela disse que ligou e deixou mensagens. Você recebeu as ligações e a ouviu implorar. Você é uma vagabunda a esse ponto, Sam? Aquela mulher que estava te ligando era minha namorada e estava grávida e assustada e você a ignorou. Você separou meu filho de mim. Meu Deus, qual o tamanho da sua crueldade?

— Papai disse que era melhor.

— Você está demitida. Encerrei com você. Saia da minha casa.

— Liam...

— Não. — Eu levanto a mão para ela calar a merda da boca. — Eu disse que encerrei. Não quero você aqui.

— Você precisa de mim.

— Não, eu não preciso. Saia. Daqui.

— Você o ouviu. — Eu me viro e encontro Josie apoiada na entrada. Seus braços estão cruzados e ela estava chorando. — Esta é a nossa casa e você precisa sair. Você não é bem-vinda aqui.

— É isso que você quer, Liam?

Não posso evitar. Sorrio para Josie e dou uma piscadinha.

— É sim. Ela é que manda aqui. Se ela manda você ir embora, você vai. Brandon já vai ter mandado o acordo de rescisão contratual quando você chegar no seu carro. — Eu pego meu celular e mando uma mensagem para o meu advogado para finalizar a papelada que ele começou ontem.

— Você vai se arrepender.

Eu me aproximo dela.

— Eu já estou arrependido dos últimos dez anos com você e com o seu pai, então não, eu não vou me arrepender.

Sam se levanta e caminha até a porta. Ela me dá uma olhada e balança a cabeça. Eu sei que ela está prestes a chorar e não me importo. Assim que a porta se fecha, eu puxo a Josie nos meus braços e a abraço como se fosse a última vez que eu vou ter a chance.

— Eu sinto muito. Eu não sabia. Sinto muitíssimo por não ter ficado junto com você — digo a ela várias vezes. Ela acaricia meu cabelo, me confortando, quando deveria ser eu aos pés dela, me arrastando e pedindo perdão. Com uma única mensagem, tudo isso poderia ter sido evitado.

Katelyn e Harrison assistem tudo ao vivo e a cores. Harrison começa a bater palmas quando a porta bate. Eu sabia que ele nunca foi fã dela, mas a Sam ganhou dinheiro para nós. Acho que vamos ter de resolver essa parte por nossa conta.

— Bem, isso foi interessante — Katelyn diz. Harrison olha para ela, seu sorriso largo. Vou dizer para ele sossegar quando o assunto for a Katelyn. — Só para vocês saberem, se precisarem de empresária ou alguma coisa, acho que vou poder ajudar um pouco.

— Você está contratada — Harrison responde no ato, fazendo Josie e eu darmos risada.

Balanço a cabeça negativamente e tiro meu amigo de perto de sua mais nova obsessão. Se bem que acho que, se a Katelyn vai começar a sair de novo, Harrison a trataria do jeito certo.

Harrison e eu saímos do estúdio bem depois de escurecer. Ele carrega um Quinn adormecido para cima, e me diz boa-noite no caminho. Fico na cozinha, pronto para limpar a bagunça da ceia. Falei para Josie e Katelyn que eu limparia, já que elas cozinharam um jantar completo com sobremesa para todos. Quando acendo a luz, no entanto, não há um só prato na pia ou no balcão. Eu olho em volta e observo os pequenos toques da Josie em toda parte: flores frescas no parapeito da janela, loção para as mãos na pia e — o mais óbvio — nosso par de canecas "mãe" e "pai", de Noah. Elas estão lado a lado perto da cafeteira, que já está arrumada para funcionar na manhã seguinte. Isso significa uma coisa.

Ela pretende passar a noite aqui.

Isso significa que vou dormir no sofá.

Eu desligo a luz da cozinha e verifico se a porta dos fundos está trancada. Também olho as portas da frente e desligo as luzes restantes.

Decido deixar as velas que estão nas janelas. Espero que Josie ainda esteja acordada e que talvez possa conversar.

Não conversamos de verdade desde antes de Nick partir e eu preciso saber onde está a cabeça dela. Em um momento, ela age como se quisesse estar comigo e, no seguinte, não suporta ficar no mesmo cômodo. Eu não quero pressioná-la, porém, também não quero dormir no sofá.

Uma preocupação que eu tenho, e que não deveria, é a relação entre Nick e Noah. Noah não falou nada sobre Nick ir embora de repente e me viu beijar sua mãe. Este não é o exemplo que quero dar para ele. Quero que ele aprenda limites e respeito pelas mulheres quando estão em relacionamentos com outros homens. Eu não fiz isso com a Josie. Claro, Liam Page nunca se importava. Mas Liam Westbury, sim.

Josie está sentada no sofá olhando meu álbum de fotos. As pernas estão cobertas com a manta da avó dela, o gato sem nome enrolado em seu colo. Há um brilho suave em torno dela, o cabelo escuro está preso para trás no laço branco que Noah usou no presente dela. Eu me inclino contra a parede e a observo estudar cada página. De vez em quando, seu rosto esboça um sorriso.

— Você vai ficar parado aí me olhando?

Me desencosto da parede e vou andando na direção dela. Ela fecha o álbum e se arruma no lugar. Pego o lugar ao seu lado e puxo suas pernas sobre o meu colo. O gato silva para mim. Ela ri e o coloca no chão.

— Eu gosto de ver você. Tenho muito tempo que preciso compensar.

— Não comigo — ela responde baixinho.

— Sim, com você. Senti muito a sua falta. Como no dia que em que você abriu sua floricultura ou quando inventou o nome *Caprichosamente*. Eu perdi o dia em que você trouxe o Noah ao mundo e o viu pela primeira vez. Perdi seus desejos de tarde da noite e você dando de mamar à meia-noite. Eu nunca vou me perdoar por não estar presente, Josie. Não vou. Eu sei que você está prestes a me dizer que tudo bem, mas não está. Confiei nas pessoas erradas para cuidar de mim quando deixei para trás a pessoa que melhor teria cuidado de mim. Tive medo e fui egoísta. Em vez de falar com você, eu fugi.

— Mas prometo, eu parei de fugir. Eu ainda sou egoísta, mas só por você e pelo Noah. Estou devendo anos de mimos e pretendo passar cada dia da minha vida garantindo que vocês dois saibam o quanto eu os amo.

Josie envolve seus dedos ao redor dos meus.

— Estou tentando não amar você. Estou falando para mim mesma que para você isso é apenas um show, para fazer o Noah feliz. Estou com medo de aparecer um dia, entrar e encontrar a sua mudança porque eu demorei demais para decidir sobre nós.

Eu sabia que ela se sentiria assim, o que é exatamente o motivo por eu não me oferecer ostensivamente para ela.

— Eu procurei por você todos os dias da minha vida desde que te deixei no seu dormitório. Cada show, cada pub ou aparição minha... eu pensei que com certeza você apareceria em algum lugar. Não uma vez, nem mesmo um vislumbre. Desejei desesperadamente ver você, apenas uma vez. Quando li sobre o Mason, sabia que eu tinha de vir. Falei que eu apareceria e depois iria embora, entrar e sair, e ninguém saberia que eu estava aqui. Mas acabei indo alguns dias mais cedo porque queria ver você e dizer para mim mesmo que eu fiz a coisa certa.

— Por que você foi embora? Você nunca disse.

A temida pergunta, a que eu sabia que ela não deveria perguntar. Eu deveria ter simplesmente dito para ela que a vi na floricultura.

— Quando cheguei à faculdade... — Balanço a cabeça, me sentindo estúpido. Agora que sou adulto, eu teria feito as coisas de forma diferente. — Deus, Josie, foi péssimo. Era para o Mason ter vindo comigo. Quero dizer, nós planejamos, e então ele vai e muda de ideia. Eu estava lá, ele não estava e você não estava. Eu estava sozinho e odiei tudo aquilo.

— Teve um dia que eu estava sentado no meu quarto, sentindo pena de mim mesmo, quando recebi uma ligação. Ela me disse que se chamava Betty Addison, e eu fiquei confuso quando ela me contou que era minha avó. — Esfrego o polegar sobre o dedo dela. — Ela queria almoçar e conversar e foi o que eu fiz. Eu não tinha nada a perder e nunca tive a oportunidade da conhecê-la, então fui. Passamos uma semana juntos, almoçando, conversando e nos conhecendo. Ela me contou coisas sobre minha mãe e por que elas não se falavam. Eu aprendi muita coisa naquela semana.

"Ela me perguntou o que eu queria ser se não fosse jogador de futebol americano. 'Qual é a sua paixão, Liam?', ela me perguntou. Falei que era música. Eu estava passando muito tempo no campus no microfone aberto e adorei."

— Queria saber naquela época que você amava tanto a música.

— Você tinha um sonho e eu não queria que o mudasse. Eu estava fazendo o que era esperado de mim, mas Betty... ela me convidou para ir a Los Angeles, então eu fui e adorei. Eu sabia que tinha tomado a melhor decisão para mim, mesmo que isso significasse destruir nós dois.

"A questão é: eu nunca esperava ver o Noah no banheiro naquele dia, mas foi coisa do destino ou alguma merda assim, me dizendo que minha vida está em Beaumont. Eu fui direto para a sua loja e esperei. Fiquei esperando você aparecer e, quando te vi, sabia que iria acabar perseguindo a minha garota, esperando que você se virasse e visse... o meu eu verdadeiro e que me amasse do jeito que eu sou e não pelo que fiz para você."

"Eu estou na sua frente agora, Josie. Você só tem que se virar."

Capítulo 34

Josie

Eu poderia facilmente entrar em uma rotina tranquila com o Liam. Mas o quanto é cedo demais? Existe um livro de regras que eu preciso seguir?

Liam e eu nunca dividimos um lar. Não fomos para a faculdade juntos nem tivemos a oportunidade de dormir um no dormitório do outro. Estar aqui, compartilhar o mesmo espaço com ele, é pacífico. É quase como se as paredes se deleitassem com a presença dele.

Não fui embora desde o Natal. Não discutimos sobre eu ficar. Eu simplesmente fiquei. Acho que isso faz de mim um pouco como Nick. Durante as primeiras noites, ele dormiu no sofá ou no estúdio, até eu não aguentar mais. Finalmente encontrei a coragem de levá-lo para cima, comigo e na cama. Ele me abraçou a noite toda, suas mãos nunca se afastando do local no meu quadril.

Aparentemente, estamos mantendo as coisas em nível platônico, mesmo que eu saiba que ele me quer e que eu o quero.

Estou temendo a volta para casa. A escola retoma as aulas em poucos dias, e, enquanto estas têm sido umas boas férias, a realidade está se intrometendo de volta na minha vida. Peguei Liam e Harrison discutindo uma possível mudança para Beaumont. Eu sei que isso me faria feliz porque significa que Liam não ficaria indo e voltando o tempo todo por causa do trabalho. E acho que Harrison tem uma queda pela Katelyn. Não há dúvida de que ele só tem olhos para ela, e, ao vê-lo com as gêmeas durante o Natal, por mais que eu odeie dizer, sei que Mason aprovaria.

Hoje, Liam me prometeu uma noite para nos esbaldarmos. Ele diz que perdemos vésperas de Ano Novo demais. Quando lhe perguntei o que está incluso nessa noite, ele apenas sorriu e saiu andando. Eu estaria mentindo se dissesse que não estava ficando louca por não saber os planos dele.

Com Noah de malas prontas e no carro, o caminho até a casa dos meus pais é de puro nervosismo. Eles não ficaram tão impressionados assim com o retorno de Liam e eu não posso culpá-los por isso, porque, do envolvimento dele com Noah, meus pais ficaram até agora no escuro. Não é que eu não os quero por perto, mas, tendo em vista as circunstâncias, achei melhor deixar Liam conhecer Noah sem que meus pais o amarrassem em uma estaca em chamas.

Não posso culpar meus pais por seus sentimentos. Foram eles que tiveram que recolher os cacos e cuidar da filha grávida e adolescente. Minha mãe ficou do meu lado, segurando a minha mão quando dei à luz ao Noah, quando era para ter sido Liam. Meus pais estão amargurados, eu entendo, mas as pessoas podem mudar.

Vai ser a primeira vez que eu os vejo desde o Dia de Ação de Graças. Eles acabaram de voltar de um cruzeiro de férias. Contei-lhes sobre o Nick por e-mail. Não necessariamente a forma que eu queria contar aos meus pais que meu namorado com quem passei seis anos foi embora, mas também não quero que eles descubram pela fofoca de cidade pequena.

Meu pai está esperando por nós na varanda quando paramos o carro na entrada da garagem. Noah pula do carro antes que eu o tenha desligado e corre para os seus braços. Se Noah não tivesse nove anos, eu diria que ele está animado para ver os avós, mas tenho a sensação de que é mais porque ele vai ter um segundo Natal.

Carrego uma braçada de presentes para dentro da casa. Adoro o cheiro da casa dos meus pais; o pão recém-assado, as tortas e os bolos que sempre saem do forno da minha mãe dão à casa uma sensação acolhedora e de lar.

— Feliz Natal e próspero Ano Novo — eu digo quando entro. Meus pais já estão sentados no sofá ouvindo Noah tagarelar sobre tudo o que ele ganhou de Natal e sobre seu novo amigo, Quinn.

Cada vez que ele menciona o nome do Liam, meu pai olha feio para mim. Eu sabia que as coisas seriam um pouco estranhas, mas sinceramente esta é a minha vida e eu tomei a melhor decisão para mim e para o meu filho. Eu devo ser respeitada e não forçada a acreditar que fiz alguma coisa errada.

Depois que colocamos a conversa em dia, os presentes são entregues. Noah está enterrado debaixo de uma montanha de presentes que meus pais compraram para ele.

— Posso começar? — ele pergunta. Meu pai dá risada e fala que pode começar a rasgar os embrulhos. Não gosto do Natal deste jeito: é rápido demais e a gente nem vê direito o que está abrindo. Fico com minha pilha de presentes, todos suéteres, saias e cachecóis, o mesmo todo ano, no chão e observo Noah.

— Nossa, que legal! Um carrinho de controle remoto. Meu pai vai adorar isso.

Papai resmunga e sai da sala pisando duro. Eu me levanto e o sigo até a cozinha. Suas mãos apertam com força a beira do balcão e ele murmura coisas para si mesmo.

— Pai — falo, tocando seu ombro. Ele se vira e me olha com tristeza nos olhos. — Sei que você está chateado com o Liam, mas não pode deixar o Noah ver ou ouvir você assim. Ele não sabe nada diferente do Liam ser o pai dele. Ele está se esforçando muito para criar um vínculo com o Noah e precisamos dar apoio. Sei que você não gosta, mas preciso que faça um esforço pelo seu neto.

— Ele vai fazer você sofrer, Josephine.

Balanço a cabeça.

— Ele não vai, pai.

— Você não...

— Eu sei, eu sinto. As coisas são diferentes. Ele não sabia sobre o Noah. Você deveria ter visto a cara dele quando descobriu. Eu soube na mesma hora que ele teria ficado aqui, papai. Sinto no meu coração.

Puxo meu pai nos meus braços e o abraço. Ele é minha rocha há tanto tempo... Sei que ele tem medo de que Liam vá sumir de novo, mas tenho que confiar no meu coração desta vez.

O resto da tarde vai bem, mesmo que, a cada vez que Noah menciona Liam, meu pai lute contra uma careta e cole algum tipo de sorriso no rosto. Não consigo imaginar como ele se sente. Ele estava ao meu lado quando eu mais precisei dele, mas agora preciso do Liam.

Noah também precisa do Liam. Ele precisa do pai e, mesmo que tivesse Nick, não posso negar a ligação instantânea que se formou entre ele e Liam. E foi evidente na primeira vez em que os vi juntos. Noah sabia que Liam era o pai dele e o tratou como tal sem fazer perguntas. Sei que estou tomando a decisão certa.

Dou um beijo de despedida em Noah depois que comemos a ceia cedo. Prometo buscá-lo na tarde do dia seguinte para nossa festa anual de futebol americano universitário na casa da Katelyn. Meus pais não me perguntam quais são meus planos para esta noite, mas, quando saio, meu pai sussurra para eu ter cuidado.

Voltar para a minha casa parece surreal. Quando abro a porta, lá dentro está frio e pouco convidativo. Pela primeira vez, olho para as paredes e penso que são monótonas e precisam de uma boa pintura, mesmo que eu as tenha pintado na última primavera. Tudo parece sem vida. Sei que, se eu quero ficar com Liam, preciso mostrar a ele. As palavras não vão ser suficientes, pelo menos não para ele. Ele precisa sentir no coração que eu estou comprometida com ele. Ele quer que sejamos uma família e é o que eu também desejo. Não quero passar mais nenhuma noite longe dele.

Estou esperando desde que tinha quinze anos por essa oportunidade de acordar nos braços dele dia após dia. E daí se tivemos um bloqueio nessa estrada por dez anos? A oportunidade está aqui agora e eu preciso agarrá-la.

Tomo um banho rápido, com cuidado para não molhar o cabelo e poder enrolar as pontas. Esta noite optei por um vestido de um ombro só, azul-royal. Katelyn e eu o encontramos depois da liquidação de Natal, que estava boa demais para ser ignorada. Minha mão treme quando aplico a maquiagem. Erro até perder a conta e tenho que começar de novo. Da última vez que fiquei nervosa assim era meu primeiro encontro com o Liam. É claro que qualquer garota fica uma pilha de nervos quando vai para o primeiro grande baile da vida, mas para mim era um pouco pior, assim como é agora.

Quero que tudo saia perfeito.

Lavo o rosto e começo de novo, subindo no balcão porque mal consigo ficar em pé sem que meus joelhos tremam. Coloco fones de ouvido e ouço uma música para me acalmar. Com respirações tranquilizantes, eu foco em fazer um esfumado nos olhos.

Levo mais tempo do que o normal para arrumar a maquiagem e o cabelo. Prendo meu cabelo na lateral, afastando do ombro que vai ficar exposto. Meus brincos de diamante em forma de lágrima estão no lugar e eu estou pronta para o vestido. É isso que digo para mim mesma quando paro na frente do closet, observando-o e vendo-o zombar de mim. E se ele não gostar do vestido? E se achar que estou me esforçando demais? Talvez eu devesse simplesmente vestir jeans e botas de caubói. Ele sempre gostou desse visual.

Mas isso era antes de ele ir para Hollywood e ficar famoso e ter mulheres — lindas mulheres — se jogando nele. Inclusive em vestidos muito mais curtos. Balanço a cabeça para tentar apagar a imagem e tenho uma conversa motivacional comigo mesma. Não posso pensar assim, porque, se pensar, sei que vou ficar uma pilha de nervos quando chegar à casa do Liam. Tiro a roupa cuidadosamente do cabide, entro no vestido e vou me mexendo até conseguir passar o braço pela manga.

Subo nos sapatos peep toe e respiro fundo antes de olhar no espelho. Fico ali com os olhos fechados e imagino Liam me observando. Na minha mente, ele está sorrindo quando seus olhos vagueiam pelo meu corpo. Ele está lembrando da sensação de me tocar, e seus lábios fazem meu corpo cantar para ele. Ele me puxa para junto do seu corpo e me leva para cima. Nossa noite é esquecida, pois ele sabe que estou pronta.

Pronta para ele e para ninguém mais.

Minhas palmas estão suando, e meu corpo todo se aquece. Abro os olhos e olho para a mulher no espelho. Olhando de volta para mim está a garota que eu conheci um dia, a que irradiava e reluzia cada vez que ia encontrar seu namorado. Essa garota parece feliz.

Tento não pisar demais no acelerador no caminho para a casa do Liam. Estou ansiosa e meu coração está disparado. Minhas mãos escorregam repetidas vezes do volante. Meu pé erra o acelerador vezes demais. Sou um perigo para as pessoas na rua, mas não posso me apressar. Minha mente está obscurecida com pensamentos de mim embaixo de Liam, fazendo amor. Preciso fazer Liam me querer com o mesmo desespero que eu o quero.

Liam está na porta da frente antes que eu possa colocar a mão na maçaneta. Engulo em seco quando o vejo. Ele está vestido da cabeça aos pés de preto. As mangas da camisa estão enroladas, mostrando a tatuagem do antebraço. Eu lambo os lábios na expectativa de ser capaz de percorrer cada uma delas com a minha boca. Ele está usando uma pulseira de couro preta no pulso direito e um relógio no outro. Quero tirar os dois para que ele fique livre de quaisquer obstáculos quando eu finalmente for tocá-lo. Seus olhos azuis escurecem quando ele me olha. Ele lambe os lábios e eu amoleço aos seus pés, e tenho que me equilibrar me segurando no batente da porta.

Não sei se meu encontro é com Page ou Westbury, mas acho que esta noite eu gostaria de sair com Liam Page.

Capítulo 35
Liam

Puxo a porta antes que ela tenha a chance de abri-la. Meu dia foi uma merda total desde que me separei dela. Eu não sei como me acostumei tão rápido à presença dela, mas me acostumei. Acordar ao lado dela nestes últimos dias foi algo além das palavras. Segurá-la nos meus braços, enquanto ela dorme, e sentir seu corpo contra o meu é indescritível. Muitas vezes eu quis possuí-la, reclamá-la como minha, mas me contive. Eu preciso fazer isso direito. Só não sei mais quanto tempo vou aguentar. Ela é uma tentação e está me chamando.

Bebo a imagem dela, cada centímetro de seu corpo torneado. Houve um tempo na minha vida em que eu podia explorá-la livremente, onde ela me pedisse para tocar eu tocava. Quero reviver essas memórias e torná-las realidade.

Os saltos do seu sapato são menores do que o que a maioria das mulheres usa. Eu gosto assim. Isso me permite aproximá-la de mim e olhar para ela, o que eu planejo fazer a noite toda. As pernas estão nuas, levando ao vestido que eu sei que ela comprou com a Katelyn e sobre o qual me provocou. Inunda a minha mente a visão das minhas mãos subindo debaixo da bainha, agarrando sua bunda e a puxando para mim. Tenho que fechar os olhos por um minuto para limpar meus pensamentos porque, se não fizer isso agora, não vamos sair dessa casa. Esta noite está livre e não tenho nenhum escrúpulo em tirar vantagem disso.

Seu vestidinho é um daqueles de um ombro só, o que me dá ampla oportunidade para colocar meus lábios por todo o seu ombro e pescoço. Não que uma manga ou alça teriam me impedido, mas com toda essa liberdade talvez eu não precise de um champanhe para brindar o Ano Novo. Vou estar bêbado dela.

Não existe ninguém mais sexy do que a mulher na minha frente.

Faz alguns dias que contemplo a noite de hoje. Eu não sabia aonde levá-la. Metade de mim queria levá-la para Los Angeles e exibi-la. Fui convidado para algumas festas hoje... e qualquer uma delas me daria a oportunidade de exibi-la por aí. Mas isso significa a presença de paparazzi, e não sei se ela está pronta ou se dá conta do que isso vai significar para mim. Quando penso na imagem dela espalhada por todos os tabloides, sinto náusea. Preciso contratar alguém para lidar com o lado público da minha vida, agora que demiti a Sam.

Decidi levá-la para o Ralph's. Brega, eu sei, mas é perto e, se decidirmos beber, podemos ir para casa andando. Se bem que, do jeito que ela está bonita hoje, podemos fazer algumas paradas em uns quintais muito bem conhecidos.

Seus olhos reluzem quando ela sorri. Pego sua mão e a puxo para dentro da casa. Há tanta coisa que quero perguntar a ela e, mesmo assim, as palavras parecem tão fúteis, ainda mais quando podemos nos comunicar com nossos corpos. Estendo a mão e corro meus dedos levemente por seus cabelos, afastando a franja longa do rosto. Ela suspira quando acaricio sua bochecha. Luto contra o desejo de me inclinar e beijá-la. Se o fizer, nossa noite vai mudar de patamar, e eu quero aproveitar um pouco a Josie. Quero levá-la para um encontro romântico. Sou um homem egoísta. Quero que as pessoas virem para olhar quando eu passar com ela.

— Deus, você está linda — falo baixinho.

— Caralho, você está maravilhoso. — Seus olhos se arregalam quando ela cobre a boca. Tiro a mão da sua boca.

— Você acha?

— Não precisa ficar metido.

Minha reação é aproximá-la e deixá-la sentir o que ela faz comigo. Suas pálpebras vibram, e fecho meus olhos. Com a testa encostada na dela, minhas mãos apalpam seu traseiro. Prendo a respiração, puxando-a para mim. Seu pequeno suspiro dispara ondas de calor pelo meu corpo. Se eu não a soltar, vou ficar com ela bem aqui no chão.

E prometi um encontro.

Afasto-me com relutância. Seus olhos reluzem de desejo. Definitivamente quero ir até o fim. Pego a mão dela na minha e a levo para fora da casa. Preciso de ar fresco e de um lugar cheio de gente, caso contrário, não vou conseguir chegar ao final da noite sem deixá-la nua ou pelo menos erguer esse vestido.

No carro, coloco sua mão na minha coxa. É um erro. Tenho a sensação de que esta noite será uma longa lista de erros. Seus dedos roçam em mim cada vez que eu faço um movimento. E estou achando um monte de razões para me mexer.

Sinto-a ficar rígida quando paramos no Ralph's. A ansiedade, que era evidente no caminho, aqui desapareceu. Ela está chateada.

Me inclino e puxo seu rosto no meu, meus lábios encontrando os dela. Ela amolece ao meu toque. Eu a abraço junto de mim, e minha mão apalpa seu rosto.

— Não é o que você esperava?

— Não, está ótimo. — Ela se afasta de mim, suas mãos alisando a frente do vestido. Seu sorriso anterior agora foi mascarado pela indiferença.

— Eu queria levar você para Los Angeles. Há um monte de festas lá e sei que você iria se divertir, mas eu não conseguiria tirar minhas mãos de você, e os paparazzi ficariam em cima de você. — Meu dedo traça o decote do vestido. — Eu queria te dar toda a minha atenção esta noite. — Ela olha para o dedo que acaricia a curva dos seus seios.

Josie olha para mim.

— Não quero dividir você, Jojo. Esse dia vai chegar em breve, provavelmente mais cedo do que pensamos. Eu só quero uma noite em que posso te abraçar, dançar com você e te tocar sem pessoas ficarem reparando demais.

— Da última vez que você esteve aqui, as pessoas tiraram foto sua — ela me lembra.

Eu me viro e sigo um grupo de pessoas que entra no Ralph's. Nunca esperei que ela fosse querer o brilho e o glamour que a minha vida oferece. Eu deveria ter perguntado o que ela queria antes de trazê-la aqui. Talvez eu devesse saber que ela fosse querer um gostinho da vida de celebridade. Diabos, já lhe neguei a oportunidade uma vez antes; talvez eu devesse simplesmente jogá-la nessa.

— Josie, eu posso te dar tudo o que você quiser, mas não posso te oferecer paz e sossego o tempo todo. Tivemos sorte com os paparazzi. Você sabe que vou instalar um portão e uma cerca de concreto porque quero que nossa casa tenha privacidade. Eu quero que Noah possa brincar do lado de fora. Precisamos de segurança. Não quero desistir de quem sou, mas quero uma vida com você. Esta noite eu quero que seja aqui, na nossa cidade natal, porque, no ano que vem, eu poderia estar em turnê ou poderíamos estar em uma festa em algum lugar. Eu só quero uma noite.

— Com qual Liam eu estou saindo esta noite?

Sorrio. Nunca pensei que ouviria essa pergunta saindo da boca dela.

— Eu não sabia que tinha dois.

— Com certeza tem.

— Hum... qual dos dois você quer? — Minha voz é profunda, perigosa. Estou brincando com ela, esperando que ela responda, mesmo que eu saiba o que ela vai dizer.

— Page — ela responde, sedutora.

— Você quer o rock star, o bad boy?

Ela faz que sim.

Quem sou eu para negar isso a ela?

Saio do carro batendo a porta. Hesito, olhando para a sombra dela no banco da frente. Liam Page nunca teria uma mulher em seu carro, que dirá abrir a porta para ela, mas é a minha garota. Saio do carro, dou a volta e abro a porta para ela. Não posso deixar de olhar fixo para suas pernas quando Josie sai do carro, sua mão na minha. Beijo-a brevemente antes de puxá-la atrás de mim e entrar no Ralph's.

Dentro, o lugar está lotado. Ralph trouxe um DJ para esta noite na esperança de aumentar o movimento e o faturamento. E ele definitivamente conseguiu. Josie e eu vamos primeiro ao balcão do bar. Peço uma bebida para cada um. Uísque para mim e um negócio de fruta para ela. Ralph fala "oi" e conta que reservou uma mesa para nós. Não era nada que eu queria, mas aceito, já que não tem lugar para sentar.

Enquanto conduzo Josie pela multidão, e pessoas gritam meu nome. Mulheres olham para mim com desejo nos olhos, e pessoas dão tapinhas nas minhas costas. A notícia de que eu viria aqui se espalhou. Que bom para o Ralph. Ruim para mim.

Nossa mesa fica no canto, o que eu gosto. A Josie desliza primeiro e eu vou na sequência, sentando o mais próximo que consigo dela. Passo o braço ao redor do seu ombro e escorrego os dedos sob o decote do vestido.

Sua mão está na minha coxa, acariciando minha perna. Se ela continuar assim, não vou durar muito.

Ela olha para mim, seus olhos cheios de expectativa. Odeio o que estou prestes a fazer, mas foi ela quem pediu.

Eu me aproximo. Meu nariz roça a linha do seu queixo até eu chegar à orelha. Dou uma mordidinha. Ouvi-la prender a respiração me encoraja a continuar. Sugo o lóbulo na minha boca. Minha mão sobe pela sua perna, afastando-as um pouquinho.

— É isso que você faz em um encontro? — ela pergunta, ansiosamente.

— Eu não tenho encontros — respondo de imediato.

— Nunca? — ela pergunta, a voz entrecortada. Vou salpicando beijos na direção da boca dela antes de responder.

— Eu trepo. — Capturo seus lábios nos meus antes que ela possa dizer alguma coisa. Seus lábios e língua reagem imediatamente aos meus. Meus dedos alcançam sua calcinha. De seda. Molhada. Tiro a mão e paro de beijá-la.

Não posso ficar sentado aqui com ela desse jeito, desejando que eu faça as coisas publicamente. Pego sua mão e a puxo para a pista de dança. Quero fazer mais coisas com ela agora que estamos juntos de novo.

— Fiz alguma coisa errada? — ela pergunta pertinho do meu ouvido. Ela tem que gritar por causa da música.

Balanço a cabeça.

— Não sei se posso ser Liam Page perto de você. Ele não trata muito bem as mulheres.

Ela me responde se esfregando no meu corpo, me incitando a continuar, me mostrando que ela não se importa. Deus, eu a amo, mas não podemos fazer as coisas desse jeito.

Começa a tocar *Purple Rain*. Foi a primeira canção que dançamos no baile. É perfeita para nós. Passo meus braços ao redor da cintura dela, minhas mãos descansando na sua bunda. Ela coloca as mãos no meu cabelo. Fecho os olhos e deixo a música nos levar, nos guiar. Quero que ela sinta o efeito que tem em mim. Ela precisa saber que eu a desejo, que meu corpo está ansiando por ela.

Abro os olhos e olho para a mulher na qual residem todas as minhas fantasias. Seu dedo traça o contorno do meu lábio antes que ela chegue mais perto e mostre o quanto me quer. Nossos amassos parecem o de adolescentes excitados que fomos um dia, em um bar cheio de gente que conhecíamos.

Capítulo 36
Josie

Quero viver nesses braços. Eles me fazem sentir segura, amada, desejada. Suas mãos não hesitam. Elas declaram sua posse e me seguram firme no seu corpo. Ele nos conduz para a pista de dança em um emaranhado pecaminoso de quadris ondulantes. Seus olhos estão escuros e sedutores. Já estou farta de permitir que ele questione meu estado de espírito. Juro que vou fazê-lo meu.

As músicas mudam, mas não nos mexemos. É como se o DJ soubesse que nós queremos ficar juntos. Não que a gente vá parar o que está fazendo. Apoio a cabeça no pescoço dele, meu corpo acompanhando o ritmo do seu. Não sei como fui esquecer a sensação de ficar assim com ele. Eu contava os dias até nosso próximo baile só para poder abraçá-lo.

Dou beijinhos no seu pescoço. Ele me aperta forte e esfrega o rosto na minha orelha. Minha mão encontra o botão superior da sua camisa, e brinco até ele abrir. Sua mão contém a minha, puxando-a de sua camisa. Eu faria beicinho se ele pudesse ver meu rosto por inteiro. Ele coloca minha mão no seu peito, logo acima do coração, e a segura ali até seus lábios tocarem os meus de leve.

Ele afasta-se abruptamente e olha por cima do ombro. Uma mulher entra na minha linha de visão. Seu cabelo está preso no topo da cabeça em um coque todo desfeito estilo "não estou nem aí". Seu vestido colado vermelho está mostrando muito dos seios. Liam não tem que imaginar como eles são. Ela lambe os lábios vermelho-cereja e olha para Liam como se fosse levá-lo para casa esta noite.

— Me concede esta dança? — ela pergunta descaradamente. Ela não vê que ele está com alguém?

— Eu estou meio ocupado. — Ele se volta para mim, sua expressão me dizendo que lamenta termos sido interrompidos.

— Que tal um autógrafo ou uma foto?

Liam revira os olhos. Ao que parece, ela não entende. Ela tira o celular do decote do vestido e o entrega para mim. Olho para Liam de sobrancelha levantada. Se ele acha que vou tocar nesse telefone, ele é louco, que dirá tirar uma foto deles juntos.

— Sem fotos, esta noite não. Estou em um encontro.

— Talvez a gente possa se encontrar mais tarde.

Antes de dizer qualquer coisa, Liam responde:

— Estou num tipo eterno de encontro, então, não, obrigado.

Ela parece irritada e olha para mim. Desculpa, garota, ele é meu. Se eu tiver que vestir uma camisa dizendo que ele é meu, vou fazer isso. Ela tira um tubo de batom e gira até a ponta vermelha estar aparecendo.

— Dá um autógrafo aqui. — Ela passa o dedo por cima dos seios.

Liam sacode a cabeça.

— Papel ou nada — ele diz, se virando para mim e me puxando nos seus braços. Não posso deixar de lançar um olhar de compreensão e sorrir por cima dos ombros dele. Ela fica ali, a perna apontando para fora, como se estivesse esperando outra oportunidade de pular no meu homem.

Só nos sentamos um pouquinho antes de mais gente vir perturbá-lo, pedindo fotos e autógrafos. Mulheres trazem bebidas, mas ele as afasta para o lado. Ele me diz que nunca aceita bebidas de ninguém porque foi assim que Harrison acabou com Quinn. Ele conheceu uma mulher nos bastidores e acordou na casa dela. Nove meses depois, ela largou Quinn com ele. Não consigo nem pensar em abandonar o Noah. Ele é a minha vida e, pelo maior tempo, minha única lembrança de Liam e do que tínhamos juntos.

Liam me leva de volta para a pista de dança. Ele pede uma série de canções ao DJ, a maioria, dele mesmo. Canções que eu memorizei e que são sobre mim, sobre o nosso amor e coisas que ele quer fazer comigo.

Quando o relógio bate meia-noite, seus lábios tomam os meus, sólidos e confiantes, como se ele estivesse esperando por esse momento desde sempre. Sei que eu esperei.

— Está pronta para dar o fora daqui? — ele pergunta nos meus lábios. Ele não espera por uma resposta e me puxa pela multidão em polvorosa. Quando estamos lá fora, ele nos leva às pressas para o carro. Ele me empurra de encontro a ele e envolve minhas pernas ao redor do seu corpo. Sinto-o mexendo com a porta. O couro é frio contra a minha pele quando ele me põe no assento. — Segure esse pensamento.

Ele entra no carro e dá partida. Coloca minha mão sobre sua ereção, suspirando quando dou um apertinho. Ele sai do estacionamento esmagando e espirrando cascalho atrás do carro e nos leva para casa o mais rápido que pode.

Meus nervos estão à flor da pele quando ele para na garagem. Não movi a mão do lugar e, mesmo assim, sinto como se essa fosse nossa primeira vez de novo. Só que desta vez estamos na casa dele, não em um hotel. Saio do carro e o encontro na frente. Entramos de mãos dadas na casa escura. Só as velas na janela iluminam um caminho através da escuridão.

Ele se abaixa, passa um braço debaixo das minhas pernas e o outro nas minhas costas. Ele caminha devagar, seus olhos penetrando nos meus. Vejo o desejo, sinto na forma como ele me abraça. Ele empurra a porta do quarto e a fecha com um chute quando estamos do lado de dentro.

Então me coloca na cama e para na minha frente, afastando meu cabelo dos ombros. Ele se ajoelha e deixa a mão trilhar pelas minhas pernas, disparando um arrepio pela minha pele. Liam pega cada pé e tira meus sapatos. Seus dedos dançam pela minha pele até alcançarem a barra do meu vestido. Eu me levanto, forçando-o a dar meio passo para trás.

Minhas mãos sobem por seu peito coberto, e os dedos vão trabalhando nos botões. Estou tão ansiosa para ver seu peito, do qual senti falta por tantos anos. Fecho os olhos quando chego ao último botão, e minhas mãos vão afastando o tecido. Permito que elas explorem a sensação do relevo de seu abdome e que meus dedos memorizem cada parte plana. Suas mãos prendem as minhas quando chego ao seu peito.

— Abra os olhos.

Quando abro, ele se solta. Ele queria ver os meus olhos quando eu finalmente descobrisse o que ele tem escondido. No peitoral esquerdo há uma tatuagem bem grande. É escura, toda preta. Meu dedo percorre as bordas, seguindo o labirinto.

— O que é isso?

— É um tribal — ele responde sem hesitar. — Passa o dedo aqui — diz, movendo meus dedos ao longo da arte. Faço o que ele pede, acompanhando o desenho, e minha mente me diz o que o coração já sabe.

— Diz...

— Diz Jojo. — Dou um beijo de lábios abertos sobre meu nome. Ele puxa meus quadris. Eu posso senti-lo, sua necessidade evidente através do jeans. Ele está assim a noite inteira, esperando pacientemente para que finalmente possamos ficar juntos.

Liam me vira, envolvendo o braço na minha cintura. Ele esfrega sua ereção na curva das minhas nádegas. Não posso deixar de empurrar meu corpo contra o dele. Ele afasta meu vestido do ombro, seus lábios pressionando minha pele exposta. Inclino a cabeça e a apoio em seus ombros, sentindo-o acariciar meus seios. Coloco a mão para trás, percorrendo seus cabelos. Ele se afasta de mim, lábios queimando uma trilha nas minhas costas. Dedos puxam meu vestido, abaixando-o na direção das minhas pernas. Estou nua, a não ser pela calcinha pequena, e sinto seus dentes puxarem a lateral dela. Eu me viro. Preciso vê-lo, tocá-lo.

Ele me pega e me deita na cama, rastejando por cima de mim. Arqueio o corpo e sinto sua pele na minha. Arrasto meus dedos pelo seu cabelo. Ele me olha, a respiração estremecida. A intensidade do seu olhar faz minha pele formigar de antecipação. Seu polegar acompanha de leve a curva do meu seio.

Ele se senta e se despe. Eu me sento também e passo a mão sobre seu peito, abdome e finalmente, o volume entre suas pernas. Ele revira os olhos quando o toco. Ele sobe sobre mim, me empurrando para trás no colchão. Envolvo meus braços ao redor dos seus ombros, encorajando-o. Ele se acomoda em mim, seu peso e seu calor sensações bem-vindas.

— Eu te amo, Jojo — diz nos meus lábios. Ele segura minhas mãos acima das nossas cabeças, sua testa tocando a minha. Abrimos a boca em êxtase, em lembrança quando ele move o corpo sobre o meu. Solto um grito, agarrando suas mãos. Minhas pernas se movem sobre seus quadris, guiando e prendendo-o onde eu mais preciso dele.

Solto um gemido no instante em que ele flexiona os quadris e vai mais fundo. Não consigo parar de olhá-lo; seus olhos me observam, se lembram de como éramos bons juntos. Quando ele solta minhas mãos, eu as cravo em suas costelas, encorajando-o a se mover mais rápido.

Liam se apoia nos joelhos, movendo meu corpo no ritmo de empurrar e puxar as minhas pernas.

— Preciso olhar para você — ele diz, sem fôlego.

Minhas mãos seguram forte em seus antebraços. Ele nos embala no ritmo, solta minhas pernas e se move para me beijar. Faz amor com a minha boca e intensifica o ritmo, mais forte, me levando ao limite.

— Liam! — Eu preciso de mais.

Ele conhece o meu corpo e grunhe no momento em que meu corpo é tomado pelo orgasmo. Curvo os dedos dos pés, e minhas unhas cravam-se nas nádegas dele quando levanto os quadris para encontrar suas investidas.

Ele para e desaba sobre mim. Fico deitada assim, meus músculos fracos e cansados, porém completamente satisfeita e pronta para fazer tudo de novo. Eu acaricio suas costas, o que o faz tremer. Beijo seu pescoço, suas faces e finalmente seus lábios.

— Eu te amo, Liam. Eu te amo muito.

Ele olha para mim e sorri, se apoiando nos cotovelos, sem se mover de onde está aconchegado entre as minhas pernas. Eu poderia ficar assim para sempre, se dependesse de mim. Ele afasta meus cabelos úmidos do rosto e beija meu nariz.

— Você vem morar comigo? Você e o Noah vêm morar aqui e seremos uma família. Quero que você chame este lugar de sua casa. Eu quero fazer coisas normais com você, como ir ao supermercado e me encontrar com você para almoçar no trabalho.

— Isso parece o sonho americano.

— Não, minha garota, este é o nosso sonho. Se você quiser, eu posso dar tudo isso a você.

— Eu quero.

O sorriso de Liam ilumina o quarto escuro. Nos beijamos por um tempo antes de ele virar e me puxa por cima dele.

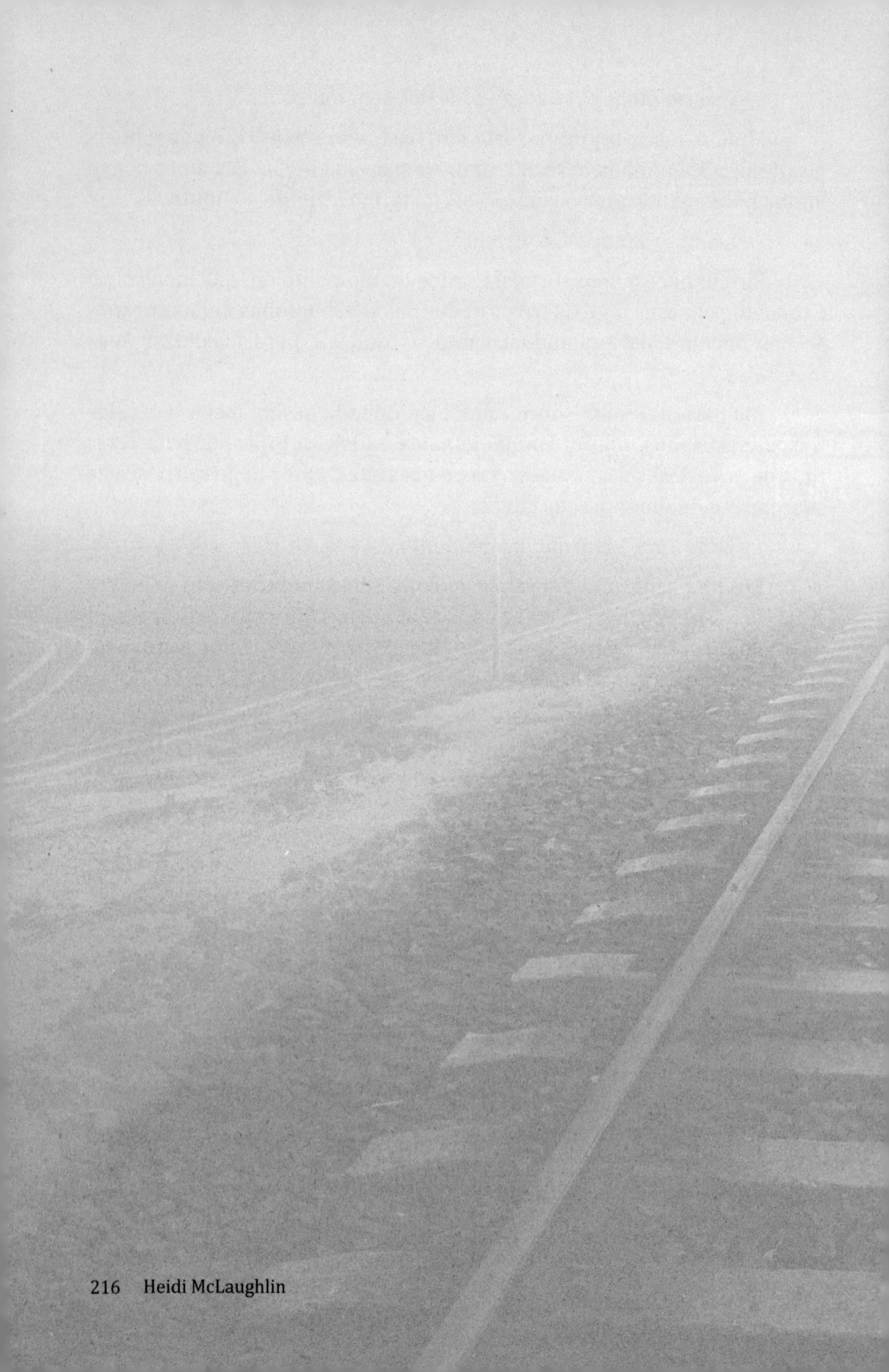

Capítulo 37
Liam

— Filho, venha aqui.

Hoje em dia, eu reviro os olhos quando ele fala comigo. Nunca pensei que iria me encolher ao som da voz do meu pai, mas é o que acontece. Quanto mais perto fica a formatura, mais insuportável ele fica.

No dia em que convidei Josie para ir ao baile comigo, a discórdia começou. Meus pais sentam comigo e explicam o conceito de padrões socialmente aceitáveis. Em poucas palavras, Josie não é uma pessoa próxima o bastante do perfil country club para ser vista com um Westbury.

Pela primeira vez, vi meus pais sob uma luz diferente. Fiquei enjoado de ser filho deles. Eu não conseguia entender como eles poderiam dizer algo tão horrível sobre alguém que nem conheciam. Na noite do baile, eu saí da minha casa de smoking sem dizer adeus nem deixar que minha mãe tirasse uma foto. Eu não ia deixá-los ditar quem eu deveria convidar para sair ou não, ou mesmo quem eu deveria amar.

— Eu te ligo — falo para a Josie. Ela não vem mais aqui; desistiu há muito tempo. Ela até se ofereceu para terminar comigo, assim a minha vida poderia ser mais fácil. Falo para ela que de forma nenhuma eu vou deixar Sterling e Bianca Westbury a expulsarem de perto de mim.

Josie é a melhor coisa que já aconteceu comigo. Ela me entende.

Jogo meu telefone na cama e dou um suspiro. Estou contando os dias para dar o fora daqui. Mason e eu vamos levar as meninas para acampar uma semana antes de eu ir para a faculdade. Um último momento e uma semana de pura solidão para mim e Josie. Sem pais irritantes olhando por cima do nosso ombro.

Quando desço, sou recebido por um olhar agourento do meu pai. Ele está tramando alguma coisa. Ele me dá um tapinha no ombro e me leva para a sala de estar. Ali, sentada no sofá, de pernas cruzadas, está a filha do amigo com quem ele joga golfe, Sasha.

Solto um gemido e esfrego as mãos no rosto. Nesta posição, eu poderia acotovelar meu pai no estômago e sair correndo, mas Sasha já me viu e se *levantou. Agora está caminhando na minha direção com a mão estendida como se fosse para eu beijá-la, como se eu lhe devesse um agradecimento por ela estar na minha casa. Não, obrigado.*

— Liam, é muito bom ver você. — Sua voz é enjoada, anasalada. Não aguento. Faço uma careta, o que apenas a faz alargar o sorriso. Seus dentes são tão brancos que ela poderia iluminar uma rua escura à noite.

— Sasha — eu digo friamente, desinteressado.

— Bem, eu pensei que vocês dois poderiam vir com a gente hoje à noite — diz Sterling. Novamente, reviro os olhos; desta vez, com Sasha de testemunha.

— Ou poderíamos ficar aqui — ela diz.

Eu recuo com o pensamento de passar algum tempo com ela.

— Eu tenho planos.

— Ah, não me importo de sair com você e seus amigos. — Ela ri e sua mão desce pelo meu braço. Eu me afasto, ofendido pelo seu toque.

Não me lembro de dar permissão, eu quero dizer.

— Tenho certeza de que não, mas a minha namorada se importa — digo, só para provocar Sterling. Ele fica rígido e eu quero dar risada. Sua estratégia de cupido não está funcionando, o que significa que o amigo dele vai ficar zangado.

— Nos dê licença um momento, Sasha. — Meu pai agarra meu braço e me puxa para outro cômodo. Estou prestes a levar uma bronca, algo que posso adorar do começo ao fim.

— Liam, já é hora de você se preocupar com o seu futuro. Você vai para a faculdade e Sasha é uma bela mulher para ter de braço dado com você, ainda mais quando a NFL começar a te sondar. Você precisa apresentar o pacote completo, e ela te completa. Você não pode ficar frequentando a periferia só para ela ter alguém em quem se encostar.

Suas palavras não incitam nada além de pura raiva em mim.

— Você não sabe nada sobre Josie e a família dela. — Eu aponto o dedo no peito dele. — Você não faz nada além de sentar no seu traseiro pomposo lá no country club. Eu a amo e pretendo me casar com ela, quer você goste ou não. Se quer alguém de enfeite no seu braço, por que você não sai com a Sasha? Ela provavelmente está procurando um velho rico.

— *Aonde você vai?* — *ele pergunta quando começo a ir.*

— *Vou sair com os meus amigos. É aniversário do Mason, então pode cuidar de entreter a Sasha. Só não deixe minha mãe te pegar.* — *Eu bato a porta com força e o deixo falando sozinho.*

Balanço a cabeça para limpar minha memória. Eu odeio meu pai há muito tempo pela maneira como ele tratou a Josie. Mesmo que minha mãe venha de vez em quando ver o Noah, eu me recuso a pôr o pé na casa deles. Ela está tentando. Eu reconheço, mas ele... nem pensar. Se ele não aceitava a Josie na minha vida, naquela época, nem morto eu vou permitir que ele chegue perto do meu filho.

Muita coisa mudou nos últimos quatro meses. Josie e Noah se mudaram para a minha — nossa — casa depois do Ano Novo. Harrison e Quinn também se mudaram para Beaumont, diretamente para a casa vazia da Josie, o que eu sabia que iria acontecer. Tudo fazia sentido. Isso também o coloca no mesmo bairro de Katelyn, onde, se você passar lá no sábado, você pode vê-lo de braços tatuados cortando a grama.

Esta noite, vamos comemorar o aniversário do Mason. Faz sete meses que ele nos deixou, e cada um de nós tem se esforçado de uma forma diferente para lidar com a perda. Mantivemos nossa angariação de fundos para Katelyn e para as garotas no Ralph's, que se tornou um ponto de encontro local, e está indo muito bem. Também contratei Katelyn efetivamente como nossa empresária, dando a ela um emprego que lhe permite ficar em casa, mesmo que ela venha para a minha casa trabalhar durante o dia. Assim que a escola entrar de férias de verão, vamos sair em turnê. Três colegas de banda, duas mulheres mandonas e quatro crianças em turnê por três meses. Nossa vida de banda agora vai ser diferente.

Estou esperando que Josie se prepare. Minha caminhonete, uma recém-adquirida Chevy 1965, é usada estritamente para sessões de cerveja na torre d'água. Quando falei para a Josie sobre a minha aquisição, ela me deu um tapinha no braço e me mandou crescer. Ainda assim, ela é a primeira a pedir uma "noite de torre d'água" quando precisamos de um choque de realidade.

Carrego a caçamba da caminhonete com uma caixa refrigerada cheia de cerveja. Josie vai ser a nossa motorista esta noite, pelo que eu sou grato. Quero que esta noite seja divertida e de alguma forma agradável para a Katelyn. Josie sai de casa, seus braços cheios de comida. Corro até ela, beijo-a na bochecha e a ajudo com o peso. Pedimos comida pronta, pois não queria Josie e Katelyn estressadas com o que as pessoas vão comer.

Eu me viro e olho para ela depois de colocar tudo na traseira da caminhonete. Dou uma olhada em sua aparência. Ela está vestida em jeans justo e botas de caubói vermelhas. Sua regata "Eu amo meu roqueiro" adere às suas curvas belamente. Ela se veste assim para mexer comigo.

Vou andando até ela e a tomo nos meus braços, inclinando-a para frente e atacando seu pescoço. Ela dá uma risadinha e tenta me empurrar com a cabeça. Ela finalmente cede, sabendo que eu venci.

Eu a coloco de novo no chão.

— Pronta? — pergunto. Ela faz que sim, entrelaçando os dedos nos meus. Ela sobe na caminhonete pela porta do motorista e se acomoda no meio. Exatamente como na época do colégio.

Quando chegamos à torre d'água, há um monte de gente lá. Fiquei surpreso quando Katelyn disse que queria convidar pessoas que estudaram com a gente no ensino médio, mas aceitei. Josie e eu saímos do carro de mãos dadas. Abaixo a traseira da caminhonete e ajudo a Josie a se arrumar. Harrison vem para falar oi antes de pegar uma cerveja da caixa térmica.

— Eu vou subir, tá? — Beijo-a na bochecha e ponho algumas cervejas no bolso. A caminhonete de Mason está alinhada perfeitamente para nossos torpedos de cerveja. Harrison me segue escada acima. A maior parte dos caras na torre já o conhece, mas faço algumas apresentações.

Abrimos nossa primeira cerveja e viramos de uma vez. Quando contamos três, jogamos nossas garrafas lá embaixo. Com um barulhão de vidro se quebrando, todos nós gritamos "Mason!". As mulheres começam a gritar e alguém liga a música.

Começamos a festa ao verdadeiro estilo do Mason.

Conforme a noite prossegue, histórias são contadas e recontadas. A camaradagem confortável que todos nós tivemos no colegial está de volta. Não sou mais o cretino que abandonou todo mundo, e Harrison se encaixa bem na turma. Estou literalmente vivendo o melhor dos dois mundos, e não poderia estar mais feliz.

Olho para Harrison quando ouço seu suspiro pesado.

— Qual é o seu problema?

— Nada — diz ele. Sigo o caminho do seu olhar e vejo que Katelyn está conversando com Bill Rogers, um geek que ficou milionário criando um programa de computador que todo mundo adora.

Levando minha garrafa de cerveja aos lábios, olho para Harrison. Sua expressão é triste. Sei que ele gosta dela, mas tem medo de levar um fora.

— Não tenha pressa com a Katelyn, cara. Apenas esteja presente e não pressione. Eles ficaram juntos por muito tempo, mas eu sei que ela nota você. Eu a ouvi falando com a Josie sobre você. Só aproveite o momento quando chegar.

Harrison começa a rir.

— Olha só quem fala.

— De que diabos você está falando?

— Você escreve música após música sobre o quanto ama aquela mulher. — Ele aponta para Josie, que está conversando com Jenna. — Você vive com ela, tem um filho com ela, e, mesmo assim, não vejo você pedindo a Josie em casamento, seu panaca.

Olho de Josie para ele e de volta para ela.

— Você está certo. — Eu me levanto, me segurando no corrimão, coloco os dedos nos lábios e assobio alto para chamar a atenção de todos.

— Ei, Josie!

— O que você quer, Westbury? — ela grita de volta. Adoro como algumas coisas não mudaram.

— Quer se casar comigo?

Alguém desliga a música, e o silêncio se espalha sobre o campo. Ela se aproxima da torre d'água e coloca as mãos nos quadris.

— Se você vai fazer o pedido, é melhor fazer do jeito certo.

— Sim, senhora. — Viro minha cerveja e a jogo na caminhonete, antes de seguir para a escada. Desço com cuidado. Quando meus pés tocam o chão, apalpo meu bolso em busca do anel que venho carregando pelas últimas semanas, e o seguro na minha palma. Eu só estava esperando pelo momento certo. Deve ser esse.

Caminho até ela com passos largos para chegar mais rápido. Suas mãos ainda estão nos quadris, seus olhos, arregalados. Ela não está esperando isso.

Eu me ajoelho na frente dela. Sua mão cobre a boca e há uma sequência de exclamações de surpresa atrás de nós.

— Josie Preston, eu te amo desde que tinha dezesseis anos. Sei que errei muito nessa vida, mas prometo compensar as coisas com você dia a dia. Você me faria a imensa honra de aceitar minha aliança, de aceitar meu nome e se tornar não apenas a minha parceira na vida, mas, mais importante, a minha esposa?

Josie balança a cabeça afirmativamente. Há lágrimas em seus olhos e eu quero me levantar para beijar cada uma delas.

— Sim, Liam. Sim um milhão de vezes, eu aceito me casar com você.

Puxo sua mão para frente e deslizo o anel, beijando o dedo antes de beijá-la nos lábios. Há aplausos e aclamações atrás de nós.

— Eu te amo, Jojo. Você vai ser para sempre a minha garota.

Fim

Entre em nosso site e viaje no nosso mundo literário.
Lá você vai encontrar todos os nossos
títulos, autores, lançamentos e novidades.
Acesse www.editoracharme.com.br

Além do site, você pode nos encontrar em nossas redes sociais.

 https://www.facebook.com/editoracharme

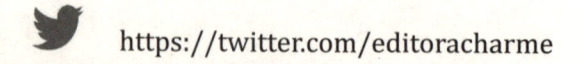 https://twitter.com/editoracharme

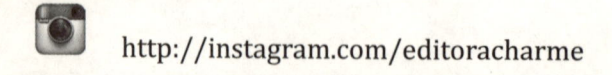 http://instagram.com/editoracharme